천하무적 박정권

천하무적 박정권

박정권 지음

추천의 말

내겐 여전히 2018년 가을, 한국시리즈가 펼쳐지던 그때가 가장 뜨거운 계절로 남아 있다. 한국시리즈 8년 만의 우승. 그곳엔 역전 투런포를 터트린 정권이 형이 있었다. 누구보다 타자로서 충분히 역할을 해준 그의 모습이 아직도 생생하다. 책 출간을 축하하며, 함께 달려온 동료로서, 또 코치로서 앞으로도 그의 행보가 기대된다.

_김광현(야구선수)

정권 선배의 책 출간을 축하합니다. 선수 시절 같은 포지션에 있으며 많은 이야기를 나누었던 것이 떠오릅니다. 그때도 지금도 제겐 너무나 좋은 동료인 정권이 형을 응원하며, 이 책이 야구를 사랑하는 팬 분들께 좋은 선물이 되길 바랍니다.

_최정(야구선수)

오랜 시간 운동을 해온 사람은 알 것이다. 기량에 따라 순위가 갈리고, 승리와 실패를 동시에 맛봐야 하는 긴장과 압박, 그 혹독한 시간을 견디는 일이 녹록지 않다는 것을. 그래서인지 그의 수식어가 된 '천하무적'도 그냥 얻어진 이름은 아닐 것이다. 그는 여전히 뛰고 있다. 지도자로서의 그에게 또 어떤 이야기가 펼쳐질지 벌써 기대된다.

_이동국(전 축구선수)

정권이는 제 몫을 다 해내는 선수였다. 어려운 경기 상황에서도 결정적인 홈런으로 팀을 승리로 이끌었고, 기대보다 더 성장한 모습을 보여줬었다. 그 뒤에는 묵묵히 연습하며 노력해온 시간이 있었다. 이 책에는 누구보다 우직하게 야구를 해온 정권이의 야구 인생이 그대로 녹아 있다. 정권이와 야구를 사랑하는 모든 분이 읽어보길 바라는 바이다.

_김성근(전 야구감독)

정권이가 책을 낸다고 했을 때 누구보다 기뻤다. 그가 쏟아낸 열정과 인내한 시간을 잘 알고 있기 때문이다. 대체 불가 박정권. 야구선수로서뿐만 아니라 친구이자 동료로서도 그는 대체 불가이다. 모두, 어서, 그의 야구 이야기를 만나보길 바란다.

_유한준(야구선수)

선수에서 지금은 코치로 활약하고 있는 정권이는 늘 다리 역할을 톡톡히 해주는 사람이다. 선수 시절에도 그랬지만 그의 강한 의지가 늘 고마웠다. 그 의지로 지금은 후배들을 잘 이끌어주고 있다. 이 책이 팬 분들께 의미 있는 선물이 되지 않을까 생각한다.

_김원형(야구감독)

SK
Wyverns

프롤로그

내 이름은 '천하무적 박정권'

내가 섰던 수많은 타석들에 대한 기억들이 마치 편집된 영상처럼 빠르게 마음을 훑고 지나간다. 기다리던 구질의 공이 들어와 방망이에 제대로 맞았던 그 경기의 타석, 분명히 공을 파악하고 힘껏 스윙을 했지만 허무한 삼진 아웃을 당했던 그날의 타석…. 인생 그 자체라고 하는 야구, 나는 그 야구를 직업으로 삼는 프로선수로 30여 년을 달려왔다.

야구는 늘 우리 곁에 있다. 페넌트 레이스 동안 수백 개의 게임이 열리고 또 열린다. 그런데 언제 어디서나 돌아보면 손에 땀을 쥐게 하는 승부가 펼쳐지고, 그 속에 수많은 인생 이야기가 파노라마처럼 펼쳐진다. 그 야구경기 속 오랜 기간 내 이름이 존재했다. 안경알이 손바닥만 한 금테안경을 쓰고 홈런을, 그것도 가을만 되면 펑펑 쏘아 올렸던 SK와이번스의 4번 타자. 힘들게 운동하며 온갖 희로애락을 겪어왔지만 SK왕조시대 4번 타자라는 이름으로 많은 것을 누려본 행운아가 분명하다는 생각에 늘 감사한 마음이다.

은퇴의 즈음 처음 책을 내자는 제안을 받았을 때 망설이지 않을 수 없었다. 한동안 깊이 고민한 끝에 쑥스러움을 무릅쓰고 이렇게 글을 쓰게 되었다. 40세가 넘어 은퇴식 날짜가 잡혔고, 이런저런 경험들과 생각들을 한 글자씩 옮겨 쓰다 보니 이렇게 한 권의 이야기를 여러분 앞에 드리게 되었다.

2021년 8월 28일로 처음 예정되었던 은퇴식도 늦추어져 10월 2일에 치러진다. 어언 30년의 선수생활이었다. 초등학교 때 처음으로 만져본 야구공과 이제 현역 선수로는 작별을 고해야 할 시간이 되었다. 다행히도 책을 통해서 삶을 돌아보고 새로운 출발을 앞둔 마음을 팬 여러분과 나누게 되어 감개무량하다.

지금 한창 자라나는 후배 야구선수들, 그리고 유소년 선수들을 포함한 십 대 청소년들에게 특별히 당부하고 싶다. 가을 사나이, 홈런 타자 박정권은 처음부터 정해진 것이 아니었다. 천부적인 소질을 가지고 있다고 평가받은 적도 없었다. 온갖 노력을 남다르게 기울였다고 하기도 쑥스럽다. 다만 어떤 결과가 찾아오든 너무 흥분하거나 또는 실망하지 않으려고 애를 썼다. 꾸준히 한 우물을 파 왔다.

나는 다음 세대들이 하나의 상황이나 결과에 너무 아등바등하지 않았으면 좋겠다. 어린 시절, 그리고 젊은 시절을 알차게 보내는 것이 더 중요하다. 조금씩 그러나 꾸준히 하는 가운데 일정한 시간이 지나면 반드시 성적이 나온다. 평가를 받게 된다. 그러니 서두르지 말자. 조급해하지도 말자. 너무 죽기 살기로 매달리면 빨리 지치고 회복이 어려운 경우를 많이 경험했기 때문이다.

프로야구 선수로, 평범한 한 사람으로 살아오며 느낀 것들, 하고 싶은 이야기를 이 책에 담았다. 팬 여러분이 있었기에 박정권이 있었듯이, 우리는 서로를 통해 위로를 받으며 또 앞으로 나아갈 것이다. 이 책을 통해서 팬 여러분과 함께 서로의 삶에 조금이나마 위안이 된다면 더 바랄 것이 없겠다.

차례

Chapter 1
안경 쓴 4번 타자입니다

Chapter 2 야구하는 기쁨과 슬픔

Chapter 3 역시, 정권이 내

Chapter 4
온 마음을 다해, 다시 야구

Chapter 1

안경 쓴 4번 타자입니다

너, 키가 크구나.
야구 한번 해볼래?

만남은 참 소중하다. 어떤 친구, 어떤 스승을 만나느냐에 따라 한 사람의 인생은 크게 달라진다. 나 역시 예외가 아니었다. 삶에서 어떤 사람을 만날지 미리 선택할 수만 있다면, 자기 인생이 결정되는 순간을 미리 정하고 기대하며 준비할 수만 있다면 얼마나 가슴 설레고 좋을까? 하지만 인생은 그렇게 풀리지 않는다. 소중한 인연, 중요한 그 순간은 대개 느닷없이, 벼락처럼 다가온다. 정신없는 시간을 보낸 후에야 그때 그 순간이 엄청나게 중요했고, 결정적이었으며, 인생에 큰 궤적을 그리게 했다는 것을 깨닫는다.

내 인생도 그날이 바로 그런 순간이었다. 태어나서 초등학교 입학 때까지 전라북도 부안군에 살던 우리 가족은 아버지의 일터가 바뀌어 전주로 이사를 해야 했다. 그 이사한 동네에 있던 '효자초등학교'에서 새로운 인생이 시작되었다. 마침 그때 학교에 야구부가 창단된 것이다. 형은 나보다 앞서 야구를 시작했는데, 나는 매일 운동장에 남아 그런 형을 기다렸다. 학교에서 20분 정도 걸리는 집까지 형 옆에서 걷기만 해도 얼마나 좋았는지 모른다. 지금도 나보다 키가 큰 형은 운동을 잘했다. 야구부에 들어가 운동장에서 공을 던지고 훈련하는 형을 운동장 구석에서 바라만 보아도 마음이 한가득 뿌듯해졌다. 어둑해질 무렵, 운동을 마친 형과 골목길을 걸어갈 때면 세상 부러울 것이 없었다. 세상아 보아라, 우리 형은 멋진 야구선수다!

그러던 어느 날, 바로 그 순간이 찾아왔다. 어떤 사람은 운이 좋았다고도 하고, 우연히 좋은 기회가 열렸다고도 했다. 살면서 누구에게나 그런 기회의 순간이 몇 번은 온다고들 하는데, 그날 그 사건은 어린 나를 사로잡았다.

"너는 키가 크구나. 야구 한번 해보지 않을래?"

효자초등학교에서 야구를 지도하시던 감독님. 매일 형을 기다리던 나에게 다가오셔서 다정한 목소리로 물어보셨던 감독님을 잊을 수 없다. 지금도 그 인자했던 음성이 귀에 선하다. 오늘 내가 만나는 인연, 오늘 나의 삶은 정호승 시인이 말한 대로 '어쩔 수 없이 생방송'이다.

> 인생은 생방송입니다. 아무렇게나 살 수가 없습니다. 순간순간 제 역할에 최선을 다해야 합니다. 그렇지 않으면 영원히 돌이킬 수 없는 인생의 '방송사고'를 내게 됩니다. 누구나 언제든지 몇 번이고 되풀이해서 촬영하는 녹화의 삶이 되면 좋겠지만 그렇게 되지는 않습니다. 또 녹화 장면을 편집해서 제대로 잘 정리된 것만 방영할 수 있으면 좋겠지만 인생은 편집되지 않습니다.
>
> _정호승, 《내 인생에 용기가 되어준 한마디》, 비채, 131쪽

모든 만남이 그렇다. 아무리 예상했고 준비했더라도 언제나 생각처럼 인생이 풀리지는 않는다. 감독님께서 내 손에 공을 쥐여주신 순간도 생방송이고, 왼손잡이였던 내가 그 공을 냅다 야구부 선수에게 던져본 순간도 생방송일 수밖에 없다.

사실 우리는 이미 누군가에게 '코치'인지도 모른다.

가까이는 가족, 친구들에게 그리고 일터에서도 이런저런 모양으로 영향을 끼치고 있다. 인생이라는 생방송은 녹화되거나 편집되지 않고 생각하고 행동하는 그대로 지금도 방영된다.

내게는 이 이야기가 더 절절하게 와닿는다. 실시간 생방송으로 상대편 팀과 맞서야 하기 때문이다. 나에게 공을 던지는 상대방 투수가 없으면 내 홈런은 이 세상에 등장할 길이 없다. 세상만사가 다 그런 것 아닐까? 무조건 생방송이다. 우리는 지금도 함께 모여 인생이라는 생방송 안에서 서로 인연을 맺고 살아간다.

나는 누군가에게 어떤 사람일까? 코치로 일하면서 또 나를 키워주신 스승님들을 떠올리며 인생에 대해, 만남에 대해, 삶에 대해 다시 한번 생각한다. 특히 2군에서 타격 코치라는 새로운 인생의 장을 열어가면서 부쩍 만남의 소중함에 절실해지게 되었다. 나와 함께하는 사람들에 대해 새삼스러운 마음이 들었다. 아침이면 만나는 후배 선수들, 한창 1군에서 치고 달리는 현역 선수들 그리고 그들을 돕는 스태프들의 헌신과 지원, 앞에서 이끌어가시는 감독님과 코칭 스태프 선후배님들….

"너는 키가 크구나. 야구 한번 해보지 않을래?"라는 감독님의 목소리를 다시 한번 떠올려본다. 사람에 대해 다시 한번 생각한다.

우승확률 13.8퍼센트. 그 가을의 야구 2018 V4!

일반적인 의미의 팀이 아니었다. 우승확률이 13.8퍼센트에 불과하다던 2018년의 SK와이번스. 우리는 정말 '원팀' 그 자체였다. 하나가 된 팀이 가지는 놀라운 폭발력. 그런 우리가 이루어낸 네 번째 우승. 그리고 내 평생에 잊을 수 없는 플레이오프 1차전 9회 말 끝내기 2점 홈런이 기록된 시즌. 당시 KBS 이광용 아나운서가 나의 끝내기 홈런을 중계하던 도중 소리치던 멘트가 아직도 귀에 선하다. 홈런을 날리고 세리머니와 함께 베이스를 도는 내 모습에 대고 외친 그의 멘트.

"이것이, 가을 사나이, 박.정.권.입니다! 가을야구가 가을 사나이의 본능을 깨웠습니다!"

얼마나 가슴 벅찬 순간이던가! 그때만 떠올리면 지

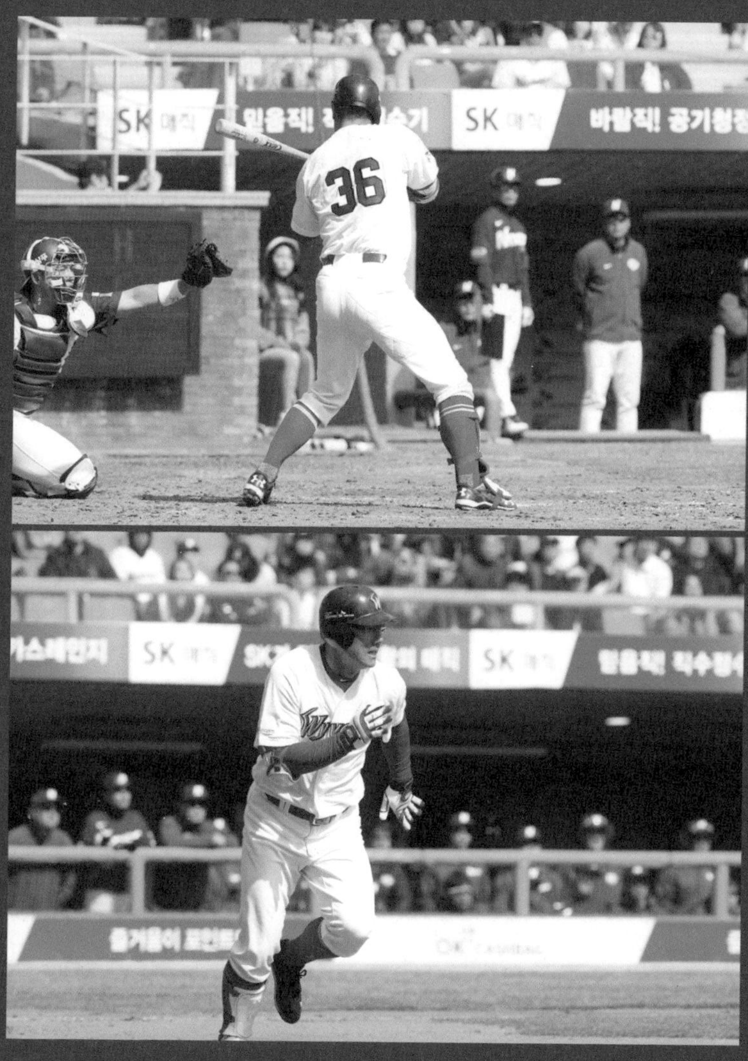

2018.3.17. 넥센과의 경기

2018.6.17. 롯데와의 경기

금도 온몸이 찌릿찌릿하다. 그렇게 끝내기 홈런을 작렬하며 시작한 포스트 시즌이었지만, 2018년 가을 시즌에는 우리 팀에게 녹록지 않은 경기들이 이어졌다. 플레이오프에서 만난 넥센히어로즈는 분위기를 한번 타면 걷잡을 수 없는 상승세를 자랑하던 신흥 명문팀이었다. 그리고 정규 리그 우승을 거둔 후 우리를 기다리던 두산베어스는 자타공인 한국 프로야구 최강팀이었다.

6년 만에 가을야구에 참여하게 된 우리 팀은 신구 조화가 적절하다는 평가를 받고 있었지만, 우승 가능한 전력인지에 대해서는 의견이 분분했다. 각 포지션의 선수들은 똘똘 뭉쳐 한마음으로 운동했다. 야구에서 가장 중요한 포지션이라고 흔히 이야기하는 포수의 집중력 있는 투수리드와 판단은 물론 호투에 호투를 이어갔던 선발조와 계투조의 투수들도 혼신의 힘을 다해 공을 뿌렸다. 야수들도 뛰고 구르며 공을 막거나 던졌고, 쉬지 않고 파이팅을 외쳤다. 선발 라인업에 들지 못한 선수들도 구김 없이 웃으며 함께 힘을 보탰다. 한국인 선수와 외국 용병선수 가릴 것 없이 원팀의 정신으로 뭉쳐 플레이를 했다. SK와이번스 소속 선수 한 사람 한 사람이 모두 소중했다. 이 모두를 멋지게 아우르던 메이저리그 지도자 출신 트레이 힐만 감독님 그리고 하나의 팀이 되도록 뒤에서 있는 힘을 다해 도운 프런트 담당자들이 흘려준 땀방울들. 이 모두가 하나 되어 SK와이번스만의 끈끈한 팀워크를 이루었고 그것이 V4의 영광스러운 우승으로 우리를 이끌었다.

페넌트 레이스라고 부르는 정규 리그는 말 그대로 144경기에 달하는 장기 레이스이다. 2018년 우리는 막판 뒷심을 발휘해 정규 리그를 2위로 마무리했다. 중간에 위기도 많았고 부상 선수도 있었지만, 서로를 위해 뛰면서 모두의 기대를 넘어 2위라는 좋은 성적을 냈다. 그전까지 6년 연속 중위권에 머물면서 가을야구에 참여하지 못한 아쉬움을 한방에 털어냈던 것이다.

가을야구에 참여하며 만감이 교차했다. 사실상 현역 시절 마지막 포스트 시즌이었다. 하지만 내 현역 마지막 시즌이라는 감상에만 젖어 있을 수는 없었다. 냉정한 승부의 세계가 우리를 기다리고 있었다. 거기에 더해 정규 시즌 내내 나는 빈타에 허덕였다. 2018년 시즌에는 주로 2군에서 운동하다가 정규 리그에는 단 열네 경기만 출전했다. 기록은 초라했다. 29타수 5안타에 타율은 0.172. 가을만 되면 방망이에 불이 붙는다고는 하지만, SK왕조 시절 4번 타자에게는 참 민망한 성적이 아닐 수 없었다.

이런 일을 뒤로하고 플레이오프 1, 2차전을 내리 승리하면서 '흠, 이만하면 손쉽게 한국시리즈에 오르겠군!' 했던 내 계산은 보기 좋게 틀리고 말았다. 고척 돔구장으로 이동해 치른 플레이오프 3, 4차전에서 우리는 패배했고, 시리즈 전적 2승 2패로 동률을 이룬 후 맞이한 5차전에서도 고전을 면치 못했다. 경기 막판 넥센히어로즈의 강타자 박병호 선수에게 홈런을 얻어맞고 말았다. 9회에 동점 홈런을 허용한 순간 얼마나 허탈했던지! 급기야 연장 10회에는 역전까지 당해 플레이오프 탈락이라는 벼랑 끝까지 몰리기도 했다.

하지만 결국, 우리는 연장 승부 끝에 넥센을 시즌 전적 3승 2패로 이기고 두산베어스가 기다리던 한국시리즈에 올랐다. 두산은 당시 최고의 전력을 자랑했다. 정규 리그 승률도 어마어마했다. 총 144경기를 치러 93승 51패, 승률 0.646의 성적으로 다른 팀을 압도했다. 그런 두산이 체력을 비축하며 기다리고 있던 한국시리즈에, 우리는 그들보다 얇은 선수층을 가지고 직전까지 넥센과의 플레이오프에서 5차전까지 피 말리는 연장 승부를 벌인 후 맞서야 했던 것이다.

두산과도 치열한 승부를 가렸다. 이윽고 우리는 강팀

중의 강팀인 두산을 물리치고 우승 트로피를 품에 안았다. 한국시리즈 전적 4승 2패. 2018년 가을야구, 절대로 잊을 수 없는 그 가을의 포스트 시즌에서 나는 두 방의 홈런을 때려냈다. 첫 번째 홈런은 앞에서 말한 넥센과의 플레이오프 1차전 9회 말 1사 1루 상황에서 나온 끝내기 2점 홈런이다. 두 번째 홈런은 두산과의 한국시리즈 1차전 6회 초에 때린 역전 2점 홈런이다.

SK와이번스 선수단 모두가 이구동성으로 말했던 적이 있다. 2018년 우승의 실질적인 대주주는 팬 여러분이라고. 인천으로, 고척으로, 잠실로 찾아오셔서 홈경기든 원정경기든 가리지 않고 목이 터져라 응원가를 부르고 깃발을 흔들어주신 팬 여러분. 두 홈런의 영광을 그분들께 돌리며, 우리 팀과 나를 사랑해주신 팬 분들께 진심으로 감사드린다.

지금 와서 돌아보면 나에게 2018년 시즌은 커다란 선물과도 같았다. 노장의 나이에 접어든 내게 팀의 정규리그 2위 성적과 함께 약속받은 가을야구는 정말 선수시절의 마지막 페이지를 멋지게 마무리하게 해주는 최고의 무대가 될 수 있었다. 그 무대에서 나는 묵직한 홈런 두 방을 쳐냈고, 가을 사나이라는 별칭에 어울리게 현역 시절의 대미를 우승이라는 근사한 선물과 함께 마무리할 수 있었다.

그 가을의 V4. SK와이번스 이름으로 거둔 마지막 우승. 그리고 4번 타자 박정권, 천하무적 박정권의 홈런 두 방으로 기억되는 그 가을의 야구. 원팀이 되어 달려온 그때를 인생의 한 페이지 추억으로 간직하게 되어 행복하다. 엄밀히 말하면 2018년 SK와이번스는 정말 원팀이었다. 하나로 뭉친 팀은 원래 이 정도였나 하는 놀라움이 들 정도로 강력한 힘을 발휘한다. 지금도 하나로 뭉친 선수들이 내뿜는 에너지가 그립고 새삼 소중하게 다가온다. 그토록 소중한 순간을 함께해준 동료들과 아낌없이 성원해주신 팬 여러분께 감사한 마음이다.

13.8퍼센트. 결코 높지 않은 확률이다. 확률대로, 분석으로만 이루어진다면 우리 삶은 얼마나 건조하고 재미없겠는가. 하지만 다행이라고 해야 하나, 삶은 절대로 확률과 분석만으로 이루어지지 않는다. 운도 작용하고 관계에서 나오는 시너지도 중요하다. 결정적으로, 내가 흘린 땀방울의 열매가 언제 찾아올지 아무도 모르기에 인생은 살아볼 만한 게 아닐까?

그 가을의 야구를 추억의 한 페이지에 남겨두며 이제

내 인생의 운동화 끈을 다시 조여 맨다. Life goes on. 여전히 살아내야 하는 삶이라는 나만의 무대가 있기 때문이다.

SSG 랜더스 유니폼을 입고 은퇴하다

우리 팀 이름은 이제 SSG 랜더스가 되었다. 훌륭한 구단주를 만나게 되었고 SK와이번스의 모든 체계와 인원은 그대로 SSG 랜더스로 이름을 바꾸어 달았다. 비록 코로나19로 정규 리그도 중단되고 예상치 못한 여러 어려움이 생겼지만, SSG 랜더스로 새롭게 열어갈 우리 팀의 역사를 기대하는 마음으로 쌓아가려고 한다.

올해 8월 28일로 잡혔던 은퇴식이 10월 2일로 옮겨졌다는 연락을 받았을 때 다소 맥이 풀렸다. 그나마도 어렵게 잡았던 일정이었는데 말이다. 하지만 곰곰 생각해보니 준비할 시간이 더 주어진 것 아닌가? 그렇게 여기면 나쁠 것 없는 일이었고, 오히려 내게는 마음을 정리하면서 책도 충실하게 마무리할 시간이 주어진 셈이었다.

SK와이번스 유니폼을 입고 은퇴했더라면 어땠을까 하는 아쉬움이 없느냐고 주변에서 묻곤 한다. 하지만 팀 이름이 바뀌고 새 유니폼을 입고 은퇴하는 것에는 조금도 아쉬움이 없다. 우리는 다양한 모임과 조직에 몸담고 살아간다. 가까이는 가정에서, 조금 자라면 학교에서, 동호회에서 그리고 직장, 사업체 등의 여러 모임을 만난다. 여기서 무엇이 중요할까? 이름이 중요할까? 장소가 중요할까? 물론 이런 것도 영향을 미친다. 다만 정말 중요한 것은 함께한 사람들이다. 이제부터 그 이야기를 하려 한다.

나는 현역 시절 함께 땀 흘렸던 선후배 동료들과 여전히 활동 중이다. 코치를 맡고 있기에 젊은 2군 선수들과 매일 함께 뛰며 땀을 흘리고 있다. 오랜 시간 맺어진 프런트들과도 좋은 관계를 유지하고 있다. 팀 이름만 SK와이번스에서 SSG 랜더스로 바뀌었을 뿐이다.

나는 여전히 SK와이번스에 이어 SSG 랜더스의 프랜차이즈 스타로 기억되고 싶다. 함께 치고 던지고 달리는 랜더스의 2군 후배들과 함께 제2, 제3의 박정권이 탄생하길 기대하며 돕고 싶다. 은퇴는 타이어를 갈아 끼운다는 의미의 '리타이어먼트'(Retirement)라고 배웠다. SK와이번스의 4번 타자 박정권에서 SSG 랜더스의 2군 타격 코치 박정권으로 새롭게 출발한다.

> 선수가 전반전을 뛰었더니 너무 지쳐서 후반전을 뛰고 싶지 않다면 당연히 그 선수에겐 휴식이 주어져야 한다. 그러나 후반전뿐 아니라 연장전도 마다치 않고 뛰겠다는 의지가 충만한 선수에게 전반전을 뛰었으니 더 이상 뛰면 안 좋다고 잘 뛰는 선수를 후반전에 참여시키지 않는다면 그것은 문제가 된다. 잘 뛰는 선수를 제외한 팀의 성적이 좋을 수 있을까? 연장전 역시 소수에게 열린 기회로 제한하지 말고 자신의 선택에 맡기는 것이 바람직해 보인다. 당신에게 아직 열정이 있다면, 후반전을 뛸 체력과 연장전에서 승리를 거머쥘 꿈이 있다면, 은퇴 시기에 연연할 필요는 없다.
>
> _김형래, 《나는 치사하게 은퇴하고 싶다》, 청림출판, 84쪽

나 역시 현역으로 더 뛸 수만 있다면 더 뛰고 싶었다. 마음 같아서는 지금도 타석에서 역전홈런을 펑펑 쏘아대고 싶다. 하지만 시간은 흘렀고 나도 40살이 넘었다. 운동선수로는 이제 현역 생활이 힘든 시기에 접어들었

다. 다행히 한 팀에서 데뷔하고 그 팀에서 은퇴까지 하는 영광을 누리게 되어 얼마나 감사한지 모른다. 65세가 넘어서도 더 일하고 싶다고 하시는 분이 80퍼센트가 넘는다는 것은 나에게도 많은 용기를 주었다. 코치로 맡겨진 2군 선수 지도에 열과 성을 다하자고 마음의 고삐를 다시 한번 강하게 쥐어본다.

처음 야구공을 쥐여주신 감독님

Coaching Story

누군가가 지금 나에게 '야구하는 법'에 대해 물어온다면 할 이야기가 많다. 하지만 누군가가 '야구하는 삶'에 대해 묻는다면 말문이 막힐 것이다. 나아가 야구하고 싶다면서 가르쳐달라고 물어온다면 그런 자리가 부담스럽게 느껴질 것이다.

그만큼 코칭은 아무나 하는 게 아니다. 실제로 지금도 SSG 랜더스 2군 타격 코치를 맡고 있지만, 코칭은 언제나 조심스럽다. 내 지도를 받고 성적이 좋아지고, 타격감을 찾았다면서 신나게 방망이를 휘두르는 선수도 있다. 그렇지만 수많은 요소가 함께 그 위에 더해져 구체적인 성과가 나타나는 것이리라.

비록 짧은 경험이지만 지금도 코치로 생활하고 있고 좋은 코치님과 감독님 밑에서 배운 경험에 비추어보면 코치는 '열린 결말'을 추구해야 한다고 생각한다. 구체적으로 설명하자면, 타격 자세를 가르칠 때 "이렇게 하면 요렇게 될 거야!"라고 가르치면 곤란하다는 의미다. 그렇게 지도했는데 '이렇게'가 '요렇게' 되지 않으면 어떻게 감당할 수 있겠는가? 쉽게 단정해버린 한 마디로 상대방의 타격 리듬이 망가진다면 책임질 수 있겠는가? 생각만 해도 아찔하다.

이런 이유로 코치는 조력자의 범주를 넘어서서는 안 된다. 그리고 코치는 감독이 아니다. 영어권에서는 감독도 코치로 표현하지만, 그건 어디까지나 최고 코치(Head Coach)라는 의미다.

2군 선수들을 지도하면서 나는 언제나 나에게 처음 공을 쥐여주셨던 효자초등학교 감독님을 떠올린다. "너는 키가 크구나. 야구 한번 해보지 않을래?" 하고 권하셨던 감독님의 음성이 내 인생의 기준이 되었다. 마찬가지로, 지금도 노력에 노력을 더하는 사랑하는 2군 선수들에게도 나는 그런 존재가 되고 싶다. 마음 같으면 구체적이고 눈에 보이는 성적 향상법을 귀띔하고 하나하나 이끌어주고 싶지만, 그것은 때로 위험한 도박이 되고 만다. 요행수로 한두 번 이길 수는 있지만, 완전한 상승세와 승리를 담보할 수 없듯이 냉혹한 프로의 세계에서 책임져줄 부분은 별로 없다.

오늘도 나는 능력 있는 코치이기보다 필요할 때 함께하는 코치, 형님 같은 코치가 되고 싶다. 모쪼록 나와 함께하는 모든 선수의 기량이 날로 발전하여 1군으로 승격하고 스타플레이어가 되어 꿈을 이루길 바란다.

내가 지도하게 될 선수들에게도 나의 첫 감독님처럼 다가가고 싶다. 따스하지만 분명하게, 부드럽지만 강력하게 공유하는 것을 쌓아가고 싶다. '야구하는 삶'에 균형이 있도록, 설혹 컨디션에 난조를 겪거나 부상이나 다른 이유로 성적이 시원치 않더라도 자신을 믿지 못하고 망가지는 일이 없도록 하는 존재, 있는 듯 없는 듯 그러나 반드시 있어야 하는 존재.

타격 코치로서 코칭 교육을 받을 때도 마찬가지였다. 내 마음을 움직이는 내용은 모두 멘탈에 관한, 사람의 마음에 관한 신선한 분석과 접근 방법을 제안하는 것이었다. 한 분야에서 이렇게 코치가 되어 후배 선수를 도울 수 있다는 사실에 다시금 감사했다. 오늘도 우리 팀은 승리할 수도 패배할 수도 있지만, 그 안에서 팀워크는 자라나고 선수들 기량은 발전할 것이다.

박정권×김주윤의 스포츠 멘탈 코칭 1

Q

최근 각광받는 스포츠 멘탈 코칭에 대해 궁금합니다. 스포츠 멘탈 코칭이란 무엇인가요? SSG 랜더스는 어떤 식으로 활용하고 있는지요?

김주윤 코치(SSG 랜더스 멘탈 코치, 이하 김)

현재 우리나라 환경에서 '스포츠 멘탈 코칭'은 말 그대로 선수(또는 팀 또는 코칭 스태프)의 멘탈 요인을 잡아주고 지원하는 것을 뜻합니다. 여기서 어떤 전문 영역을 바탕으로 하느냐에 따라 멘탈 코칭의 색깔이 달라집니다. 기본적으로 스포츠 멘탈 코칭은 '코칭'의 기본개념 위에 '멘탈' 부분을 코치해주는 역할입니다. 즉, 각 분야에 운동 그 자체를 코칭해주는 타격 코치, 투수 코치가 있듯 스포츠 멘탈 코칭은 '마음'을 나누고 잡아줍니다.

이 외에도 스포츠심리학, 심리상담, 트레이닝 접근 등 다양한 방법을 동원하여 우리 모두를 '원하는 삶을 살아갈 만한 힘을 지닌 존재'로 바라보게 돕는 것이 코칭의 역할입니다. 따라서 우리는 코칭을 통해 우리 팀 모든 선수가 본연의 자신을 알아차리고, 그 모습으로 살아가도록 돕습니다.

박정권 코치(이하 박)

맞습니다. 코칭의 핵심은 어디까지나 인도하는 역할이지 모든 것을 다 책임지는 것은 아니지요. 하지만 코칭이 제대로 이루어지면 선수들의 멘탈 회복이나 정신적 안정에 매우 도움이 된다는 것이 다방면에서 나타나고 있습니다.

SSG 랜더스는 전신 SK와이번스 시절부터 선수와 스태프들의 멘탈을 위해 코칭을 베이스로 한 멘탈 코칭 활용을 시도했고, 약 2년간 멘탈코칭연구소(MCI)와의 팀 서포트 후, 2020년 시즌부터 2군 코칭 스태프로 멘탈 전문 코치인 김주윤 코치를 영입했습니다. 현재 SSG 랜더스에서 이뤄지는 멘탈 코칭 방식은 크게 코칭 세션(1on1)과 현장 코칭(훈련, 경기)으로 나뉘며, 그 외 코칭 스태프, 프런트와의 긴밀한 소통을 바탕으로 선수들을 위한 코칭 활동에 힘을 쏟고 있습니다.

안경을 쓰면 불편하지 않나요?

대부분 야구선수는 안경 착용을 꺼린다. 동료들 역시 안경을 쓰다가도 콘택트렌즈를 착용하는 경우가 많았다. 특히 타자들은 시력 자체가 선구안을 좌우하므로 시력 관리에 많은 애를 쓴다. 그런데 큼직한 안경을, 그것도 렌즈 크기가 손바닥만 한 '금테안경'을 쓰고 타석에 들어서는 4번 타자는 많은 분에게 생소하게 비쳤다.

평상시 인터뷰나 대화 중에도 "안경을 쓰면 타석에 들어섰을 때 불편하지 않은가요?"라는 질문을 종종 받는다. 물론 불편한 부분이 있다. 땀이 나면 흘러내리기도 하고 타석에서 주의를 기울이지 않으면 부상 위험도 커진다.

하지만 나는 "안경을 써야만 한다." 단순히 좋아서 쓰

SK 증권
36

는 것이 아니다. 시력도 그리 좋지 못하다. 바로 '익상편'(翼狀片)이라는 조금은 낯선 이름의 안과 질환이 있어서다. 눈동자 표면에 꺼풀이 조금씩 덧자라는 질환인데, 증세가 심한 편은 아니지만 야구선수에게 안과 질환은 치명적일 수 있다. 그럼에도 나는 홈런포를 포기할 수 없었다. 무조건 방법을 찾아내야만 했다. 그때 찾은 방법이 바로 렌즈가 큼직한 안경을 착용하는 것이었다.

안경을 착용해야 한다는 진단을 받았을 때 곰곰이 생각해보았다. 좌타자인 나는 타석에 섰을 때 오른쪽으로 시선을 집중해야 한다. 있는 힘을 다해 투수를 째려보아야 하는데, 타격 순간 얇거나 작은 안경테 혹은 고글 형태를 쓰고 있다면 눈앞으로 공이 들어왔을 때 째려보던 시야의 초점이 순간적으로 맞지 않을 수 있다. 아주 잠깐이지만 렌즈 밖 공과 렌즈 안으로 들어온 공 사이의 차이에 의해 궤적을 놓칠 수 있다는 뜻이다.

이런 이유로 나는 렌즈가 큼직한 안경을 고집했다. 그리고 그것은 맞춤옷처럼 좋은 선택이 되었다. 교정시력으로 처음부터 끝까지 동일한 시각 안에서 투구를 집중할 수 있어서 정밀 타격이 가능해졌다. 지금도 타석에서의 모습을 영상으로 보면 큼직한 안경을 쓴 모습이 다소 어색해 보인다. 커다란 체격의 SK 4번 타자가 큼지막한 안경을 쓴 모습. 그다지 멋진 모습이 아닌 것은 사실이다. 하지만 그런 내 모습이 나는 좋다. 안과 질환이 있는 야구선수로 이 정도 시력과 성적을 유지하는 것은 하늘이 도운 결과라고 할 수도 있다.

세상에는 크고 작은 유행이 오고 지나간다. 나 역시 콘택트렌즈를 착용해볼 생각도 했다. 하지만 의사 선생님의 권유도 있어서 지금까지는 안경을 고집하고 있다. 그러다가 우연히 펼쳐 든 책에서 읽은 한 줄의 글이 내 생각을 응원해주었다.

> 남들이 다 하는 것을 자기가 못하면 바보가 되는 줄 알지만 남들이 다하는 것을 자기가 따라 하므로 오히려 바보가 되는 것이다. 남들이 다 하는 것을 자기도 따라 한다는 것은 보편화된다는 뜻이며 뒷북을 친다는 뜻이니 절대로 폼나 보일 까닭이 없다.
>
> _이외수, 《아불류 시불류》, 해냄, 143쪽

콘택트렌즈를 착용해볼까 하는 생각에 상담받았던 무렵, 의사 선생님의 권유로 다시 안경을 맞추러 갔을 때가 떠올랐다. 가급적 렌즈가 큰 놈으로 골라 여러 안경을 착용해본 후 가장 튼튼해 보이는 안경테를 골랐다. 그리고 많은 분이 '박정권' 하면 떠올리는 모습이 완성되었다. 그렇게 불편한 눈에도 불구하고 나는 야구계에 자리 잡았고, SK왕조 시절 4번 타자로 맹타를 휘둘렀다.

좋지 못한 시력과 안과 질환 때문에 왕방울만 한 안경을 걸치고도 나는 야구를 했다. 그리고 홈런타자가 되었다. 우리 삶에 찾아온 약점과 역경을 벗어버리기 난감한 안경 정도로 생각해보자. 코로나19 상황은 2년이 다 되어가지만 해결될 기미가 아직 보이지 않는다. 많은 이들이 어려운 환경과 가라앉은 사회 분위기, 회복될 조짐이 없는 경제지표로 고통을 호소한다. 사실 그다지 뾰족한 수도 보이지 않는다. 이런 때일수록 자신의 장점이나 가치에 새로 주목하는 것은 어떨까?

상무에서 달리다

안경을 쓰고 야구하는 것에 익숙했던 대학 시절은 쏜살같이 지나갔다. 동국대학교에서 선수로 뛰면서 늦게나마 학창 생활의 낭만도 조금은 느낄 수 있었다. 하지만 시간은 참 빠르게 흘렀고 졸업과 함께 나는 곧장 프로구단에 입단했다. 그 순간 정신이 번쩍 들었다. 군 문제를 해결하지 않으면 운동을 지속할 길이 없음을 깨달았다. 최선의 길은 상무에 입단하는 것이었다. 계속 운동을 할 수 있고, 군 복무도 해결할 수 있는 최고의 방법이었다.

대학 졸업 후 입단한 SK와이번스에서 첫해 2004년을 2군에서 보냈다. 그때 내게 주어진 선택지는 많지 않았다. 정확히 말하면 단 하나뿐이었다. 그래서 나는 정말 열심히 운동했고, 다행히 상무에 입대할 수 있었다. 운좋게도 상무에서 기량이 꽃피기 시작했다. 최우수 선수도 되고 최고 타격상도 받았다.

상무는 운동선수들에게는 최고의 목표이자 대안이다. 우리나라에 상무, 정식 이름으로는 '국군체육부대'가 창설된 것은 1984년 1월이다. 현재 국군체육부대는 21개 종목에 걸쳐 군인의 신분으로 운동하는 여러 선수를 육성하고 있다. 하지만 상무 야구단은 역사가 훨씬 길다. 처음 '육군 야구단'이 창단된 것은 자그마치 1953년 8월로, 6·25 한국전쟁 직후였다. 이후 1978년 6월 '육군 경리단'으로 이름이 바뀌었다가 1984년 상무에 합병되었다.

지금 상무는 경상북도 문경을 중심으로 훈련하고 있다. 따라서 퓨처스 리그(프로야구 2부 리그)의 남부 리그에 소속되어 활동 중이다. 이외에 종목에 따라 여러 군데의 훈련장을 확보하고 있다. 올림픽이나 세계선수권 등 중요한 국제 대회, 전국체전 등 국내 운동대회에서 상무 출신들이 무시 못 할 기량을 뽐내는 것 역시 이런 기반이 있기에 가능한 일이다.

은퇴 시기가 다른 분야보다 훨씬 빠른 운동선수들이

한창때인 이십 대에 2년의 군복무 기간 동안 운동을 못하게 된다면 치명적일 수 있다.

상무는 1998년부터 프로야구 선수를 받기 시작했고, 나는 2001년부터 프로야구 2군인 퓨처스 리그에 배속되어 야구를 계속할 수 있게 되었다. 당시 훈련장 위치 때문에 우리는 퓨처스 리그 북부 리그에 소속되어 운동했다. 기왕 군 복무를 해결해야 한다면 상무 외에는 다른 선택지가 없었다. 그래서 나는 상무에서 달렸다. 달리고 또 달렸다. 열심히 몸을 날렸고 스윙을 반복했다. 배팅 포인트를 잡고 다양한 구질에 대응하기 위해 치고 또 쳤다. 팔에 힘이 빠지도록, 입에서 단내가 날 때까지 달리고 치고 던지고 굴렀다. 그러자 체력과 몸 상태도 나날이 업그레이드되었다. 잘 먹고, 즐겁게 운동하면서 키만 멀대 같던 내게 근육이 붙고, 스윙할 때면 파워가 달라짐을 스스로 느끼기 시작했다.

상무에서 흘린 땀방울만큼 성적은 따라왔고 기본기는 탄탄해졌다. 결국 나는 2005~2006년 두 해 연속 퓨처스리그 북부 리그 타격왕을 수상했다. 이때 시작된 상승 곡선이 프로 복귀 후에도 이어졌으니 상무에서의 군 복무는 나에게는 신의 한 수였다. 원래도 스윙 폼과 궤적이 체격에 어울리지 않게 부드럽다는 평을 듣던 내가 스윙의 '리듬'을 제대로 획득한 것이다.

모든 분야가 그렇듯 한때만 반짝해서는 절대 우수한 선수, 우수한 성과를 내는 사람이 될 수 없다. 다소 부진할 때도 있겠지만 추세적으로 늘 향상되거나 기량을 유지해야 하며, 그 흐름이 일정하고 견고할 때 최고 선수 자리를 유지할 수 있다. 만약 내가 군 생활을 어떻게든 피하려고 했다면 박정권의 상무 시절은 없었을 것이다.

군 복무는 솔직히 쉽지 않다. 하지만 운동을 멈추지 않으면서도 당당하게 군 복무를 마칠 수 있으니 금상첨화 아니겠는가. 군 생활 중에도 체력과 기량을 유지할 수 있었다니, 정말 나는 행운아 중의 행운아다.

2009년 한국시리즈 3차전 KIA와의 경기 3회 말 2점 홈런

이광길
71
SK
Wyverns
36

흘린 땀은 절대로 배신하지 않는다

프로 운동선수의 성적은 무엇으로 평가받게 될까? 평균 성적? 타율이나 홈런 개수? 여러 가지가 있겠지만 프로선수의 성적은 곧 연봉액으로 귀결된다. 단순히 돈만 보고 운동하는 것은 충분한 동기부여가 되지 않는다고 많은 사람이 이야기한다. 틀린 말도 아니다. 하지만 프로 세계에서 성적을 내야 하는 가장 직접적인 이유이고 동기부여 수단이 되는 것이 바로 연봉 액수라는 사실도 변함없는 팩트다.

프로야구 선수들, 그중에서도 야수진은 크게 런닝, 캐치볼, 타격, 노크(펑고), 작전 수행 등의 연습을 한다. 투수진은 다소 차이가 있지만, 포지션 특성에 맞춘 운동 외에도 근력 유지 운동과 유산소 운동을 추가한다.

특정 자세에서 자주 부상을 입는 선수들은 전담 트레이너가 따로 배치되어 특정 자세 및 근육 강화훈련을 별도로 받는다. 이런 경우 정말 땀이 비 오듯 흐른다. 잘못된 자세 하나로 선수 생명이 위태로워질 수도 있으므로 정말 고통스러워하면서도 이겨내야 한다. 선수의 삶이 그 훈련과 회복 과정에 있기 때문이다.

야구는 관절 부상이 비교적 많은 편이다. 주로 팔꿈치, 어깨, 손목 등 팔의 관절 부위와 발목, 무릎 등 급격한 자세 변화로 충격이 가해지는 관절 부위에 부상이 집중된다. 축구선수들이 공을 주로 차는 발등 부위에 피로골절이 온다거나 발목 혹은 무릎 부상을 달고 살듯이 야구선수들은 특유의 운동 방향과 자세 변화, 순간적인 순발력을 요구하는 플레이로 인한 부상을 많이 당한다. 투수는 어깨와 팔꿈치 부상 위험을 늘 안고 운동한다. 타자는 손목과 어깨 부상이 많은 편이고, 야수로 자주 나가는 선수들이나 포수는 무릎에도 무리가 가는 경우가 많다.

나 역시 부상의 악몽에서 자유롭지 못했다. 2008년 여름이었다. 나는 불의의 부상을, 그것도 선수 생명이 끝날 수도 있는 큰 부상을 당하고 말았다. 당시 한화

2010년 한국시리즈 3차전 삼성과의 경기

2010년 한국시리즈 4차전 삼성과의 경기

이글스와 경기 중에 정강이뼈가 세 조각이 나고 말았다. 내가 조심하지 못한 부분도 있었다. 몸 관리 차원에서 프로선수는 언제나 부상의 위험성을 염두에 두고 플레이해야 한다. 그렇지 않으면 부상 시 적절한 강도 이상의 더 큰 부상을 당할 위험성이 높다. 또한, 회복이 더디게 진행되어 여러모로 어려움이 가중된다. 그렇게 심각한 부상이 아님에도 자칫 선수 생명이 끝나는 치명타가 될 수도 있기에 늘 부상 관리를 철저히 해야 한다.

평소 흘린 땀이 많고 충실하게 훈련을 쌓아왔을수록 컨디션이 좋은 상태로 유지가 가능하다. 흘린 땀은 결코 배신하지 않는다. 나는 몸 상태가 좋았을 때 당한 부상이었기에 빠른 속도로 회복할 수 있었다. 시즌 초반 좋은 성적을 기록하던 선수들이 시즌 중후반 갑자기 컨디션 난조에 빠질 때면 대부분 체력 저하가 큰 원인으로 꼽힌다. 그리고 한 번 떨어진 체력은 시즌 중에 보충하기가 쉽지 않다. 쉬게 되면 다소 회복은 할 수 있지만, 경기 감각이 떨어지기 때문이다. 이미 꽉 짜인 일정과 선발 라인업에 따라 들어가고 나오는 것 자체가 쉽지 않다.

부상을 입었을 때조차 인생 시계는 멈추지 않았다.

휠체어에 앉아서도 상체 운동을 하며 회복을 기다렸다. 부상을 입었던 그해에 회복 속도가 남다르게 빨랐던 이유 중 하나는 곧 다가올 결혼식 덕분이었다는 생각도 든다. 2008년 겨울에 나는 지금의 아내와 예식을 예정하고 있었다. 그때 여자 친구였던 아내는 나를 정말 정성껏 돌봐주었다. 아무리 어려운 일을 당해도 이겨낼 길은 반드시 예비되어 있다. 하늘이 무너져도 솟아날 구멍은 있는 법이다. 심각한 부상도 내가 흘린 땀을 무효로 하지 못했다. 내게 주어진 일에 땀을 흘리면 그것은 결국 합당한 열매로 되돌아온다.

일반인도 마찬가지다. 평소 식사량을 조절하면서 운동을 꾸준히 한다면 급격한 체력 저하를 겪지는 않는다. 운동은 거창하게, 돈을 많이 들여 하는 것이 아니다. 지금이라도 스트레칭을 시작으로 몸을 움직여보자.

정강이뼈가 세 조각 나서 병원에서 치료받고 집에 누워서 동료들의 경기하는 모습을 보는 고통은 당해보지 않으면 알기 어렵다. 그러나 나는 내가 흘렸던 땀방울을 믿었다. 국가대표 트럭장사꾼 배성기 대표의 말도 일맥상통한다.

부지런함과 성실은 장사꾼의 기본이다. 장사꾼은 하루하루를 그렇게 살려고 노력하고 실천해야 한다. 그런 날들이 모여 또 다른 내가 되고 그런 준비가 되었을 때 새로운 기회를 얻게 되는 것이다.

'주변 청소를 잘하면 좋다'는 것을 몰라서 주변 정리를 안 하는 사람은 드물다. 대부분은 알고 있어도 그대로 실천하지는 못한다. 힘들고 귀찮다는 변명만 혀 끝에 걸려 있다. 부지런해야 성공하고, 성실해야 뜻을 이룬다는 것도 몰라서 못 하는 사람은 드물다. 알아도 실행하지 못하는 것이다.

알고도 실천하지 못하는 것만큼 어리석고 안타까운 일도 없다. 세상에 대가 없이 거저 얻을 수 있는 것은 없다. 오늘 내가 피우는 게으름은 그저 빌려 쓰는 편안함일 뿐이다. 지금 게으름을 피우면 당장은 몸도 편하고 속도 편할지 모르지만 그 대가는 미래의 고통으로 돌아오게 돼 있다. 이자까지 쳐서 말이다.

_배성기, 《국가대표 트럭장사꾼》, 지식공간, 165쪽

이렇게 모든 것을 쏟아부었던 배성기 대표는 이제 연 매출 80억 원을 자랑하는 과일공급업체 네트워크를 이

끌고 있다. 자신의 땀방울의 힘을 믿는다면 배성기 대표처럼, 정강이 부상을 이겨냈던 나처럼 우리 모두에게 좋은 소식이 다가올 것이다. 흔히 듣는 성공스토리, 나하고는 거리가 있는 남 이야기가 아닌 바로 나 자신의 이야기로 서로 공감하게 되길 바란다.

내 가치는 내가 높여가는 것이다

Coaching Story

책을 한 권 대출하려고 집 근처 도서관을 갔다가 계단에서 흥미로운 스티커들을 발견했다. 계단 한 칸을 오를 때마다 칼로리는 0.15칼로리 소모되고 수명은 4초씩 늘어난다는 안내였다.

흥미로웠다. 계단 한 칸에 인생에서 4초의 시간이 추가된다니…. 오늘 한 칸 오른 계단으로 4초의 삶이 추가되어 사랑하는 사람들에게 한마디를 더할 시간이 주어진다는 것 아닌가!

프로야구 선수에게 연봉 액수는 곧 그 선수의 가치를 압축해 보여준다. 하지만 은퇴하면서 연봉 액수가 전부가 아니라는 사실을 깨달았다. 내가 누리는 다채로운 인연, 함께 운동하는 선후배들과의 관계 그리고 행복한 가정과 같은 무형의 요소들이 눈에 보이는 숫자 이상으로 인생의 가치를 규정하는 것은 아닐까 생각했다.

운동하면서도 나는 늘 공부에 관심이 많았다. 고등학교 때도 운동하러 나가면 그만이었지만 공부에 관심이 많이 갔다. 성적이야 내세울 것 없었지만 시험을 볼 때면 시험지 내용이라도 눈여겨 읽어두곤 했다. 동국대학교 시절에도 경영학과 수업에도 들어가 보고 이곳저곳 기웃거리며 청강도 하곤 했다.

요즘도 나는 서점에 자주 들른다. 한 권을 붙잡고 끝까지 읽는 것은 아무래도 훈련이 덜 된 것 같기는 하다. 그렇지만 몇 권의 책을 고르고 거실에 쌓아두면 그렇게 마음이 뿌듯하고 좋을 수가 없다. 실제로 오가며 책을 열어 몇 페이지씩 읽곤 한다. 그러다가 마음에 와닿는 구절이 있으면 가족이 옆에서 말을 걸어도 모를 정도로 한동안 독서에 빠져든다.

아무리 인터넷이 발전하고 스마트폰으로 모든 정보를 얻는 시대라 해도 책이 주는 정서는 따라올 수 없다. 어떤 분야에서 일을 하더라도 꾸준한 독서 습관은 도움이 된다. 책을 읽어두면 내가 원하는 말이나 표현을 원하는 때 적절히 사용할 수 있어서 좋다. 읽을수록 책 고르는 안목도 생기고, 짧은 시간에도 집중하게 되는 등 독서하며 바람직한 관성이 붙는다.

은퇴 즈음에 주목하게 된 것이 또 하나 있다. 바로 '사람'이다. 운동을 꾸준히 해서 건강을 유지하고 꾸준한 독

서로 소양을 넓히는 것도 대단히 중요하다. 안경을 쓰고 4번 타자로 타석에 서는 것도, 상무를 거쳐 프로에서 흘린 땀방울만큼 평가받는 것도 맞다. 그러나 이런 것은 어디까지나 겉으로 드러나는, 숫자로 드러나는 개인 차원의 문제다.

가만히 생각해보면 그 평가의 주체가 되는 것은 바로 사람, 그것도 나와 가까운 사람부터 시작되는 인적 자산에 관한 부분임이 드러난다. 다행히 살면서 크게 등 돌린 사람 없이 한길을 걸어왔다는 생각이 들었다. 그리고 한편으론 드물게 마음이 멀어진 사람이 떠오르면 용기를 내야겠다고 생각했다. 먼저 미안했다고, 그때 내가 뜻밖의 말을 건네서 섭섭하게 했다고 말이다. 너무 늦기 전에 사람과 사람의 마음을 다시 하나로 묶어보자. 더 시간이 흐르면 더 멀어지고 수습이 어려운 지경에 이른다. 어찌 보면 가장 좋은 은퇴 준비는 그동안 소원해졌던 분들에게 연락하고 대화하는 데서부터 시작하는 것인지도 모른다.

내 가치는 내가 높여간다. 다른 대안은 없다. 아무도 내 인생을 대신 살아주지 않는다. 한 발자국 운동, 한 페이지 독서. 마음에 걸리는 그 사람에게 거는 전화 혹은 문자메시지 한 통. 오늘도 세상은 정신없이 돌아가지만 그건 잠시 그대로 두어도 괜찮다. 나 자신에게 주목하고 자신을 위해 떼어둔 시간이 있어야 한다. 스트레칭과 같은 가벼운 운동을 꾸준히 하는 것과 쉬지 않는 독서 그리고 경쾌하지만 가볍지 않은 연락을 나누길 권한다. 나 자신부터 실천하려고 애쓰는 일이다.

어제와 다른 오늘, 오늘보다 발전한 내일이 있어야 100세도, 120세도 의미가 있을 테니.

박정권
36

박정권×김주윤의 스포츠 멘탈 코칭 2

Q

선수와 성적을 떼어놓을 수 없듯 부상의 위험도 언제나 따라다닙니다. 박정권 코치님도 2008년 선수 시절 큰 부상을 당한 적이 있었지요. 그렇게 큰 부상을 당하거나 잦은 부상을 경험하면 시즌을 정상적으로 뛸 수 없기 때문에 선수들 고민이 클 것 같아요. 어떤 때는 트라우마가 될 수도 있는데 어떻게 이겨내면 좋을까요?

부상 방지는 운동할 때 모든 선수가 제1순위에 둘 만큼 중요한 요소입니다. 그럼에도 플레이를 하다 보면 부상은 어쩔 수 없이 찾아옵니다. 부상 정도에 따라 내가 더 이상 운동을 할 수 없을 것 같다는 불안감이 생기기도 합니다.

운동선수에게 이런 무력감은 결코 가볍지 않습니다. 그런 면에서 부상 과정, 특히 회복 과정에서 정확하고 효율적인 치료와 함께 멘탈 회복에 중점을 두는 것이 중요합니다.

김

사실 선수와 부상은 떼려야 뗄 수 없는 관계입니다. 따라서 저는 선수들이 부상을 '불행'으로 여기지 않도록 코칭합니다. 부상 회복 후, 선수 개인의 부상이 팀에 미치는 영향, 플레이에 대한 신념의 재인식(상황 판단) 등 성장 요인들을 다수 발견하기도 했습니다.

즉, 부상은 선수에게 필연적이고, 자연스러운 '발전 과정'의 하나이기도 함을 알게 합니다. 또한 긍정적인 '자기대화'가 풍성해지도록 돕습니다. 모든 선수가 자신의 발전을 위한 지지대로 부상 경험을 바라볼 수 있었으면 합니다. 이런 노력이 본연의 힘을 발휘한다면 개인적으로는 트라우마 상황을 방지하는 것까지 가능하다고 봅니다.

그러나 때로 훈련이나 경기 중에 부상 당시의 상황과 같은 순간을 만나면 트라우마가 생길 수 있습니다. 트라우마 정도가 심하다면 치료를 권하겠지만(심리치료 및 트라우마 전문 상담), 우선 코칭에서는 우울증, 공황장애와 마찬가지로 자기관찰/인식을 통해 소프트하게 해결하는 방법으로 접근해나가고 있어요.

박

맞아요. 부상을 입었을 때 제게 가장 먼저 찾아온 감정이 바로 '공포'였습니다. 병원에 누워 있다가 간신히 퇴원한 후 조금씩 다리를 회복하고 있는데, 마침 그해 우리 구단은 엄청난 성적으로 정규 시즌 우승, 한국시리즈 우승을 해냈지요. 동료들의 활약에 누구보다 행복했지만, 막상 함께 뛰지 못하는 좌절감은 마음을 무겁게 짓눌렀습니다. 멘탈 코칭이 그때도 있었더라면 많은 도움이 되었겠다는 생각에 지금 지도하는 선수들에게 코칭이 활발하게 적용되도록 하고 있습니다.

Chapter 2

야구하는 기쁨과 슬픔

그럼에도 불구하고, 야구

SK와이번스가 2018년 한국시리즈에서 통산 네 번째 정상을 차지한 후 우승 과정을 담은 동영상을 구단 측에서 공개했다. 영상에는 우승에 기여했던 선수들의 감동적인 인터뷰가 여러 개 실렸다. 그중에서도 역투를 펼쳐 많은 사랑을 받았던 문승원 선수의 말이 가슴에 와서 박혔다.

"야구하길 잘했다고 생각했어요."

이런 말을 할 수 있으니 문승원 선수는 참 행복한 선수라고 생각했다. 그러다가 문득 나를 돌아보게 되었다. 나는 한 번이라도 승원이 같은 생각을 한 적이 있었나? 놀랍게도 이런 생각을 떠올린 적이 거의 없었다는 것을 알았다. 딱 한 번, 2010년 한국시리즈 MVP로 뽑히고 명실공히 가을 사나이로 우뚝 섰을 때도 나는 이만하면 복도 많은 선수네, 정도로 생각했다.

어찌 보면 참 배부른 이야기다. 한 분야에서 성공한 게 분명한 당신 같은 사람이 그렇게 말하지 않는다면 너무한 것 아니냐고 할 수도 있다. 사실 자연스레 야구를 접하고 오직 한길만 걸으면서 나는 내가 가는 길을 그렇게 깊이 고민할 겨를이 없었을 뿐이라고 하는 것이 더 적절할 것이다. 지금 뛰는 경기, 오늘 해야 하는 훈련에 충실하다 보니 어느덧 은퇴의 시간까지 달려오게 되었을 뿐이다.

최근 들어 이런 생각이 한층 분명해진다. 그리고 나에게 있어 야구란 정말 하나, 내가 한눈팔지 않고 모든 것을 바쳐 달려왔던 우물 그 자체였다는 생각이 들었다.

야구하길 정말 잘했다, 하는 생각과 함께 이것이 아니었다면 내가 과연 무엇을 할 수 있었을까 되뇌어보았다. 아마 야구를 하지 않았더라면 지극히 평범한 삶을, 그것도 지극히 눈에 띄지 않고 살았을 것 같다. 하지만 운명처럼 야구를 만났고, 한눈팔지 않았기에 이제는 코치로서 새로운 출발의 순간을 맞이하고 있다.

호식이 두마리 치킨
프로야구 한국시리즈
Volkswagen. Das Auto.
한국시리즈 MVP
폭스바겐 골프

운동을 곧잘 하던 동료나 후배가 조금 더 뛰어도 될 것을 은퇴한다는 소식을 들으면 안타까운 마음이 든다. '아, 그 선수가 은퇴한다고? 아직 기량이 좋은데 왜 이 길을 떠나는 걸까? 조금만 더 하면 성적이 오를 텐데' 하는 아쉬운 마음이 들 때가 있다.

> 정해진 코스를 돌면서 우편물을 배달하려면 늘 시간에 쫓길 것이 분명합니다. … 집배를 다니다가 우편물 주인한테 좋은 산야초 열매가 눈에 띄었다고 해서 타고 가던 오토바이를 멈춰 세우기란 쉽지 않은 일입니다. … 혼자 사시는 할머니들이 많은 산골인지라 노인들이 면 소재지로 약을 사러 가기도 쉽지 않습니다. 그러면 할머니들 약도 사다 드립니다. 우편물도 집에서 받아다 부쳐 드리고 잔돈은 다음 배달 올 때 영수증하고 같이 가져다 드립니다. 바쁜 농사철에는 산골 어른들께 농약도 사다 드리고 보호시설에 계시는 어른들께는 그분들 앞으로 온 편지도 읽어 드립니다.
>
> _도종환 외, 《참 아름다운 당신》, 우리교육, 13~14쪽

도종환 시인이 충청북도 보은군 산골에서 요양생활

을 할 때 만났던 집배원 길만영 님 이야기다. 선한 미소와 함께 집배원 생활을 워낙 성실하게 해왔기에 포상도 받고 방송에도 소개된 분이었다.

프로야구 선수도 좋고 집배원도 좋다. 지금 내가 하고 있는 일, 어쩌면 큰 뜻 없이 떠맡게 된 일일지라도 이 일에 모든 것을 걸겠다는 자세가 무엇보다 중요하다. 코로나19로 삶에 많은 전환점이 생기고 실제로 평범한 인생에도 다른 길이 여기저기 많이 생기지만, 이런 때일수록 기본에 충실하고 맡은 일에서 최선의 시간을 채워나가야 한다.

한 가지 일을 10년, 20년 하다 보면 어느 순간 밀도 있게 쌓인 시간과 결과물에서 성공에 탄력이 붙는 순간을 경험한다. 나는 서른이 넘어서야, 야구를 20년 넘게 하고 나서야 약간의 성공을 확인할 수 있었다. 바로 2010년 한국시리즈에서 MVP를 수상했을 때였다. 늦깎이 홈런타자로 팀 우승과 개인 타이틀에서 최고봉을 거머쥐었을 때 사실 생각보다 덤덤한 나 자신에 놀랐다. 내가 하던 일, 처음 공을 잡았을 때부터 마냥 야구가 좋았던 내가 이런 성취까지 이룰 수 있었다는 사실에 마음속 깊은 곳에서 문승원 선수와 같은 고백이 저절로 흘러나왔다.

"야구하길 참 잘했구나!"

기운 센 천하장사, 무쇠로 만든 박, 정, 권!

내 응원가는 "기운 센 천하장사, 무쇠로 만든 박, 정, 권!"으로 시작한다. 언제 어디서 들어도 참 반갑고 좋다. 하지만 저작권 문제가 있어서 지금은 구단에서 응원가로 쓰지 않고 있다. 아쉽기는 하지만 팬들께서 지금도 기억하고 불러주신다. 대한민국 야구팬들의 열정은 실로 대단하다. 우리의 응원문화는 선수인 내가 보기에도 정말 멋지다. 마냥 멋있고 에너지가 넘친다. 가슴을 두근거리게 하는 강력한 매력이 존재한다.

나는 처음부터 '무쇠로 만든' 박정권은 아니었다. 전주고에서 선수 생활을 하던 시절 무섭게 자란 키는 188센티미터에 달했지만, 당시 몸무게는 고작 70킬로그램을 조금 넘기는 정도였다. 힘이 나올 리 없었다. 전주고를 졸업하던 2000년에는 2차 9순위, 전체로 보면 65번째로 당시 연고팀이던 쌍방울 레이더스에 지명되었다. 지명 순위로 알 수 있듯 나는 그다지 각광받던 선수는 아니었다. 그래서 가족과 가까운 분들과 상의한 후 프로 입단을 포기하고 대학 진학을 선택했다. 이때만 해도 무쇠로 만든 박정권이 아니라 키만 멀대 같은 박정권이었다.

대학을 졸업한 후 2004년 SK와이번스에서 데뷔했지만, 여전히 큰 관심을 받지는 못했다. 그해 겨우 24경기 출전, 5안타를 때리며 타율 1할 7푼 9리를 기록했을 뿐이다. 그때 나는 신인의 입장에서 노력을 게을리하지 않았다. 매일 머신볼(자동으로 정해놓은 속도와 구질로 공을 송구하는 기계)을 두세 시간씩 쳤다. 이윽고 2군에서 타격왕을 차지하며 상무의 감독님 눈에 띄었고 결국 상무에 입대하게 되었다.

이후 체중이 90킬로그램까지 불어나자 스윙에 힘이 붙기 시작했다. 장타가 터지기 시작한 것이다. 2년 연속 상무에서 2군 북부 리그 타격왕을 차지한 후 자신감을 가지고 다시 프로 무대에 돌아왔다. 그리고 운명의 만남…. 제대와 동시에 막 SK 감독으로 부임한 김성근 감독님을 만났던 것이다.

결국, 기운 센 천하장사 무쇠로 만든 박정권도 만남의 축복 속에 다듬어진 선수다. 전주고, 동국대, 상무, SK와이번스 그리고 왕조시대까지 달려온 선수 생활을 돌아보면 그런 말이 절로 나온다.

무쇠로 만든 박정권의 최전성기로 2010년 시즌을 꼽는 분이 많을 것이다. 그해 나는 과분하게도 한국시리즈 MVP라는 영광을 누렸다. 기자단 투표 71표에서 나를 선택한 표가 38표라는 소식도 들었다. SK가 삼성을 4전 전승으로 물리치고 우승을 차지한 해였다. 그때 나는 한국시리즈 4경기에 모두 선발 출장해서 13타수 5안타 1홈런 6타점을 기록했다. 우승을 확정한 후 챔피언 모자를 쓰고 동료들 머리 위에 샴페인을 부으며 늦깎이 MVP의 기쁨을 만끽했다. 당시 나이 29세, 한국 나이로 서른이 되던 해였다.

이후 2018년 다시 한번 네 번째 우승의 주역이 된 후 나는 이제 은퇴식을 앞두고 있다. 무쇠로 만든 박정권의 삶은 이제 코치로 다시 시작하며 두 아이의 아빠로, 한 가정의 가장으로서 본격적인 페이지가 열린다. 큰 욕심은 내지 않으려 한다. 주변의 좋은 사람들에게 조언을 받으면서 어떻게 행동하면 좋을지 쉽게 힌트를 얻을 수 있다.

멘탈은 무쇠지만 마음은 한없이 따뜻한 사람이고 싶다. 나를 무쇠로 만든 것은 내 몸이 아니라, 내 뜨거운 마음이니까. 나는 뜨거운 피가 흐르는 사나이니까.

정규 리그에서의 어려움과 가을야구

아무리 용을 써도 잘 안될 때가 있다. 이상하게도 나는 동계훈련 기간에는 몸 상태가 좋다가도 정규 리그가 시작되면 공이 잘 맞지 않았다. 이해가 잘 안 되기도 했고, 때로 화가 날 때면 괴롭기가 끝이 없었다. 왜 안 되는 걸까? 분명 그토록 맹연습했던 코스로 들어온 그 공이었는데, 오늘도 삼진을 당한 이유가 무엇일까?

나중에야 알게 되었다. 봄날이 다가오고 정규 시즌만 되면 나는 생각이 너무 많았던 것이다. 더 잘해보려고 애쓸수록 힘만 잔뜩 들어갔다. 그러니까 미묘하게 스윙 속도도 달라지고 스탠스도 흔들렸다. 겉으로는 차이가 나지 않는다. 그러므로 시간이 흐르면 선수 자신도 혼란스러워진다. 부상도 없고 충분한 체력과 기술훈련이 쌓였음에도 성적이 나오지 않기 때문이다.

그렇게 여름이 다가오면, 타석에도 들어서기 힘들어진다. 본격적으로 성적이 나오기 시작하는 동료들을 보며 미안한 마음도 커진다. 감독님은 안타깝게 바라만 보실 뿐이다. 성실하게 훈련하고 경기장에 나간다. 선발 명단에서 혹시 제외되는 날이면 정말 속상한 마음 가득이다. 그렇게 하루 이틀이 가고 속은 새까맣게 타들어간다.

한여름에 접어들고 시즌 중반이 넘어가면서 조금씩 체념하는 마음도 생긴다. 열심히 치고 달리고 휘두르는데도 나아질 기미가 보이지 않는다. 팀 성적 때문에 한 방이 필요한 상황에서 부름받는 횟수도 줄어만 간다.

그렇게 마음고생을 하던 어느 날 아침, 운동장을 향해 나서는데 한결 시원해진 바람이 불어왔다. 아, 가을이다. 무더위가 한풀 꺾인 바람이 매해 그렇게 반가울 수가 없다. 없던 힘도 솟아나게 만드는 박정권의 가을바람이 다시 시작된다는 확신이 들기 때문이다. 특정 기간과 상황이 반복되면 그 현상이 일반화되는 경향이 있음을 내 온몸이 웅변한다. 정권아, 가을이다!

동료들과 후배들도 한 마디씩 거든다. "어? 시원한

바람이 부는데요?" 웃으며 말을 건네온다. 맞아. 시원한 바람이 분다. 드디어 박정권의 시간이 다가온다. 나의 시공간이 열린다.

언젠가 모두가 운동장을 빠져나간 날이었다. 한결 가벼워진 가을바람과 함께 운동을 더 하고 싶다는 마음이 들었다. 그런 내 모습을 눈여겨봤던지 친한 동료가 말을 걸어왔다.

"볼 던져줄까?"

"그래! 고마워!"

연습 타구를 쳐내는 나를 도와주던 동료가 나직이 한마디 꺼낸다.

"공 잘 맞는데? 가을이 오긴 왔나 봐."

그리고 정규 시즌이 거의 마무리되어갈 무렵 팀 성적도 오르면서 거짓말처럼 타격감이 회복되었다. 턱걸이로 포스트 시즌에 진출한 팀과 함께 내 방망이도 힘을 내기 시작했다. 그 선명한 기억이 남아 있는 시즌이 바로 2018년, SK와이번스가 네 번째 우승을 거두었던 시즌이다.

슬럼프는 어찌 보면 자기 자신에게 너무 많은 것을

요구하거나 제때 쉬지 못해 자초하는 문제일 수도 있다. 내가 그랬다. 용을 쓰고 힘을 주고 변화를 가져올수록 상황은 꼬이기만 했다. 나중에는 실타래가 얽히고설켜 어떻게 풀어야 좋을지 난감한 적이 한두 번이 아니었다.

그럴 때면 몸을 유지하고 마음을 지키면서 기다리는 것 외에는 할 수 있는 것이 솔직히 없다. 시간이 흘러야 한다. 정말 답답하지만 어쩔 수 없다. 할 일을 하면서 기다리는 것이 쉬운 일은 아니다. 그러나 호흡을 유지하며 기다릴 때는 하염없이 기다려야 한다. 다른 선택지는 없다.

인생의 모든 순간이 다 그렇다. 박정권의 가을야구처럼 그런 순간은 반드시 찾아온다. 그러니 그 순간을 맞이할 자격을, 힘과 리듬을 유지하고 있으면 된다. 그리고 그 순간을 즐기는 것이다.

버티면 찾아온다. 반대로 포기하면 기회도 지나간다. 당신의 슬럼프는 날아가고, 결국 박정권에게 가을야구가 그러하듯 당신의 시간이 오길 바란다.

슬럼프, 어떻게 극복해야 할까

Coaching Story

무엇을 해도 안 된다. 몸이 마냥 무겁고 여기저기가 다 삐거덕거린다. 부상은 없지만 몸이 말을 듣지 않는다. 힘을 억지로 짜내 타석에 서지만 제대로 힘 한번 써보지도 못하고 삼진 아웃. 이젠 슬슬 부아가 난다.

슬럼프의 정체는 무엇일까? "운동경기 등에서 자기 실력을 제대로 발휘하지 못하고 저조한 상태가 길게 계속되는 일." 슬럼프의 사전적 의미다.

슬럼프는 참 반갑지 않은 손님이다. 그런데 참 공평하게도 슬럼프는 운동선수에게만 해당하는 것이 아니다. 직장인과 학생, 가정주부, 심지어 어린 학생들에게도 슬럼프와 유사한 바이오리듬 저하가 찾아온다.

때로 슬럼프에 빠졌음에도 이것을 인지하지 못할 때도 있다. 이런 때 주변에서는 그 변화를 감지하기 쉽지 않다.

지금 내가 소속된 구단 SSG 랜더스에서 선수들을 위해 멘탈 코칭을 제공하는 것 또한, 긴 시간 선수들의 멘탈과 심리 변화를 경험한 후 적극적인 도움이 필요하겠다는 판단에서였다.

한 사람의 정신 건강, 즉, 멘탈의 흐름은 대단히 섬세하면서도 복잡한 과정을 거쳐 진행된다. 어릴 적부터 쌓여온 심리적 데미지가 특정 순간에 발현되기도 하고, 심지어 데자뷔, 즉 특정 상황이나 순간의 기시감으로 마음이 위축되기도 한다. 부정적인 생각에 빠져 멀쩡한 컨디션을 망가뜨리는 것은 물론이요, 누가 보아도 아무런 문제가 없는데 혼자만의 공상 속에서 자포자기해버리는 현상도 종종 발견한다. 반면 지나치게 멘탈 문제로 현상을 몰아가서 특정 선수를 불편하게 하거나 선입견으로 바라보게 되는 경험도 드물지만 체험했다. 모든 것은 과유불급이다.

그럼에도 멘탈은 소중히 다루어야 한다. 프로야구 선수들에게 멘탈은 어찌 보면 육체의 컨디션만큼, 혹은 육체의 부상이나 컨디션보다 더 중요하게 다루어져야 한다. 멘탈을 잘못 다루면 무서운 슬럼프가 찾아오고, 작은 부상이나 데미지 하나로 선수 생활 자체를 포기하는 최악의 상황마저 찾아올 수도 있기 때문이다.

슬럼프가 길어지면 상당한 충격과 후폭풍이 찾아온다. 슬럼프로 인한 기량 저하가 심리적 위축으로 이어져

이전 기량을 영영 되찾지 못하는 경우도 많다. 심지어 슬럼프를 이겨내기 위해 지나치게 운동에만 전념하다가 오히려 몸을 완전히 망가뜨려서 눈물을 머금고 은퇴를 선택하는 선배도 있었다. 슬럼프, 결코 가볍게 볼 일이 아님을 나 자신과 주변의 경험을 통해 여러 번 확인했다.

그렇다면 과연 슬럼프를 어떻게 극복해야 할까? 심리적인 위축이 온다거나 기량이 떨어지거나 마음에 병이 들어 이전 퍼포먼스가 나오지 않는 순간 어떤 선택을 해야 할까?

내 경험에 미루어보면, 나는 슬럼프를 단골로 겪은 선수였다. 새로운 시즌을 앞두고 프로야구 팀들은 대개 지방이나 해외로 전지훈련을 떠난다. 한 바가지씩 땀을 쏟는 훈련을 수개월 한다. 그렇게 몸을 준비해도 시즌이 시작되면 최상의 컨디션이 나오기는 어렵다. 한두 달 시즌이 진행되고 봄바람이 따뜻해지면서 선수들의 몸 상태가 조금씩 올라오는 것이 일반적이다.

그런데 나는 달랐다. 봄 시즌만 되면 성적이 바닥을 쳤다. 기량이 다소 하락하기 시작한 2012년 시즌부터는 봄이 오는 것이 걱정되기 시작했다. 아니, 봄이 오는 것이 두려웠다. 분명 몸 상태는 좋은데, 전지훈련 기간이나 자체 연습경기 때는 제구가 잘된 우리 팀 투수들의 공을 멋지게 때려냈음에도 타석에만 올라가면 죽을 쑤는 것이었다.

그래서 언젠가는 근력 운동과 타격 연습을 조금 덜 해 보기도 했고 언젠가는 아예 푹 쉬기도 했다. 그러나 봄만 돌아오면 성적은 바닥을 쳤고 2군에 내려가는 일이 더 자주 발생했다. 만약 그때 마음의 끈을 풀어버리고 2010년 한국시리즈 MVP와 팀 우승에 만족했다면 더 이상의 가을 영광은 없었을 것이다. 비록 정규 리그 초반에는 성적이 추락할지언정 나는 운동을 쉬지 않았다. 긍정적인 마음을 잃지 않기 위해 끊임없이 자신을 추슬렀다. '야, 박정권! 곧 가을이야. 찬바람이 불 거야. 다시 네 계절이 오고 있으니 긴장의 끈 늦추지 마. 가을야구 시작하면 또 보여줘야 하지 않겠냐!' 나 자신에게 중얼중얼 주문을 걸었던 것이다.

정규 리그 성적이 시원치 않아 '박정권도 이제 한물갔다', '은퇴나 생각해라' 등등 악플도 심심치 않게 등장할 때쯤 2018년 시즌을 맞이했다. 그리고 어김없이 페넌트레이스 초중반에 내 성적은 마냥 헤매기 시작했다. 그래도 나는 쉬지 않고 방망이를 휘둘렀다. 시간은 하루하루 흐르고 가을은 찾아왔다. 다시 한번 가을 사나이가 활약할 시간이었다. 그리고 2018년 가을야구에서 플레이오프 1차전 9회 말 끝내기 홈런, 한국시리즈 1차전 역전홈런을 날리는 주인공이 되었다.

지금 슬럼프에 빠져 있는가? '슬럼프에 빠졌다!'라는

생각 자체에서 먼저 빠져나와야 한다. 슬럼프는 육체적인 이유보다 심리적인 원인으로 유발되는 것이 90퍼센트 이상이다. 지쳐서일 수도 있고 관성으로 처리하던 일들에 신물이 나서 그럴 수도 있다. 이유는 천 가지, 만 가지도 넘는다. 변명하자고 들면 슬럼프는 해소되지 않는다.

부정적인 생각은 날려버리자. 그리고 슬럼프를 반갑게 맞이하자. 이상한 소리로 들리겠지만 나는 봄 시즌의 슬럼프를 가을야구를 위한 준비과정이라고 수백 번도 더 자신에게 말하고 또 중얼거리고 주문을 외웠다. '어이, 박정권. 넌 가을에 잘하잖아. 조금만 더 준비하면서 기다리자. 가을에 좋은 기회가 왔는데 힘이 모자라면 곤란하잖아?'

그렇게 슬럼프는 어느새 도망가고 내 타격감이 돌아오는 순간, "정권이 내!" 하는 감독님 음성과 함께 박정권의 시간이 찾아오는 것이다. 슬럼프, 반갑다. 너를 넘어서면 또 한 번의 멋진 홈런이 터지겠지. 슬럼프야, 반갑다!

SK

SK
Green
SK telecom
36
J.K.Park

박정권×김주윤의 스포츠 멘탈 코칭 3

Q

2021년 시즌 초반 최지훈 선수가 자신의 부진에 대하여 고민을 많이 했던 것 같아요. 그때 베테랑 추신수 선수의 조언을 듣고 자신을 칭찬해주기 시작했고 효과를 봤다는 기사가 났어요. 야구가 조금 안 되더라도 너 자신을 칭찬해주면 좋겠다는, 결과가 좋지 않더라도 자책하기보다는 칭찬하고 격려하면서 안정감을 찾으라는 말이었죠. 베테랑으로서 더그아웃에서 멘탈 코치 역할을 해줬던 것 같아요.
잘하고 싶은 마음은 때론 욕심이 되어 부담감으로 작용하기도 하는데요, 후배 선수들에게 코치님은 어떻게 조언하고 계신가요?

최지훈 선수는 스스로에게 굉장히 엄격한 면이 있었기에, 추신수 선수도 그러한 조언을 건네지 않았을까 합니다. 저 역시 때로는 조언을 건네기도 합니다만 사실 제 입에서 나오는 조언은 특별하지 않습니다. 제가 맡은 가장 큰 역할은 질문자와 경청자입니다. 문답의 경청 과정에서 선수 스스로가 질 높은 자기대화를 알아차릴 수 있다고

믿으며 그것이 가장 강력한 힘이라고 보기 때문이지요.

박 코치님 말씀에 전적으로 동의합니다. 최지훈 선수가 잠시 2군에 내려와 코칭을 했을 때도 이 역할에 중점을 두었습니다. 특히 박 코치님의 접근이 대단히 수준 높은 멘탈 코칭의 정석을 보여주었다고 생각합니다.

과찬의 말씀이네요. 사실 제 생각, 즉 제 의견이나 조언은 선수들에게 크게 필요하지 않아요. 코칭 스태프나 선배, 동료가 해줄 수 있는 부분이 더 큽니다.

저는 당시 최지훈 선수의 마음, 즉, 심리적인 측면을 많이 받쳐준다는 마음으로 곁에 있어주었을 뿐입니다. 최지훈 선수에게 했던 질문은 "요즘 어때?" 단 한 마디였습니다. 그리고 가만히 그의 이야기를 들어주었습니다. 대화 중에 최 선수의 표정에 약간의 변화가 있음을 알았을 뿐 별다른 것은 느끼지 못했고, 그는 스스로 멋지게 이겨냈고, 좋은 길을 찾아냈습니다. 물론 주변의 도움이 있었겠지만, 결국 프로선수로서 언제나 자기 자신이 책임을 지는 것이지요. 늘 성실한 후배 최지훈 선수의 건승을 진심으로 기원합니다.

SK왕조시대, 가을의 남자가 되다

2010년 포스트 시즌 성적

타율 .409

OPS 1.241

wRC+ 219.7

쑥스럽지만 내 가을야구의 성적 한 토막이다. 2010년 포스트 시즌에서 내 타율은 4할을 넘겼고 OPS(On-base Plus Slugging)는 1.241을 기록했다. wRC+(Weighted Runs Created Plus)는 219.7이라는 대단히 높은 수치를 기록했다. OPS는 출루율에 장타율을 더해 계산하는 데이터이다. 이것이 1.000을 넘으면 상당한 수준의 타자로 평가받는다. wRC+는 조금 더 정확한 타격 스탯으로, 자기 몫을 다 해낸 선수로 평가하는 기준은 바로 100이다. 전체적으로 팀에 대한 특정 타자의 기여도라고 보면 된다. 200을 넘기면 자기 몫을 두 배 이상 해냈다는 의미로 해석 가능하다.

솔직히 나 자신도 가을의 찬바람과 함께 시작되는 '박정권의 가을야구'를 설명하기 쉽지 않다. 2010년 가을야구가 끝나자 나는 한국시리즈 MVP라는 명예까지 얻었고 가을의 남자라는 수식어도 붙었다. 많은 이들이 훌륭한 성적을 칭찬하고 좋아하셨지만, 남다른 나만의 고민이 하나 있었다.

이 책에서 처음으로 자세하게 밝히는 내 마음속 갈등은 바로 내 나이 문제였다. 이제 조금 빛을 보려나 했던 2008년 6월, 나는 치명적인 부상을 당했다. 정강이뼈가 세 조각 난 그 사건이다. 한창 성적이 좋았던 시절, 나는 2008년을 오롯이 부상 회복에 사용하면서 지내야 했고 2009년 시즌을 조금 일찍 준비할 수는 있었지만, 좋은 시즌을 다 날렸다고 생각하니 그렇게 쓰릴 수 없었다.

그런데 그렇게 2009년 한국시리즈 준우승으로 시즌이 마무리되고 2010년이 시작되는데 내 나이가 덜컥 하고 마음에 걸린 것이다. 우리 나이로 서른. 떠올려보니 이제 삼십 대에 접어든 것이다. 생각보다 시간은 빨리 가고 해놓은 것은 별로 없어서 초조해졌다. 이제 간신히 야구에 눈을 뜨나 싶었는데 부상으로 한 시즌을 날리기도 했고 참 이래저래 마음이 싱숭생숭했다.

나도 모르는 그런 안타까움이 드러났을까? 2010년 나는 펄펄 날았다. 팀도 2년 만에 한국시리즈 우승이라는 최고의 성과를 거두었다. 그 이후 가을야구를 포함한 성적은 조금씩 하향세에 접어들었지만, 내 야구 인생에는 조금 늦게 물이 들어오기 시작했고 열심히 노를 저은 시간을 소중하게 추억했다.

홈런 3위(11개)

타점 3위(40타점)

2루타 2위(15개)

고의사구 3위(8개)

장타율 7위

OPS 8위

포스트 시즌 통산 나의 성적이다. 지금 돌아보아도 어떻게 해냈나 싶다. 그렇게 나는 '가을 사나이', 영어로는 '미스터 옥토버'가 되었다. 인생을 살면서 누린 이런 축복과 영예를 지금도 나는 소중히 간직하고 있다.

SK왕조 4번 타자 그리고 가을 사나이. 지금도 나와 훈련하는 SSG 랜더스의 2군 선수들은 농담 반 진담 반으로 이렇게 말한다. "걱정 마세요, 코치님. 저희도 찬바람 불면 성적 쭉쭉 올라갈 것이니까요!"

그런 때면 나는 별 할 말이 없다. 다만 이런 이야기는 해주고 싶다. "일부러 가을을 노리고 운동하면 과연 가을이 왔다고 해서 성적이 올라갈 수 있을까? 아닐 거야. 그렇지 않아. 도리어 가을이 오든 말든 내 갈 길 가고 있으면 어느덧 쌓인 노력과 지켜온 체력이 갑자기 균형을 찾으면서 홈런이, 승수가 쌓이기 시작하는 거야. 동계훈련부터 충실하게 쌓아둬. 그리고 봄이 되고 정규 리그 개막하면 장장 144경기 페넌트 레이스가 너희를 기다리고 있어. 어떤 일이 생길지 몰라. 연속 헛스윙 삼진으로 의기소침해질 수 있어. 선발 명단에서 제외되어서 벤치에만 앉아 있어야 할 때도 있어. 여름날, 더욱 구슬땀을 흘리는데도 타율이 떨어지고 승수가 쌓이지 않을 수 있어. 그래도 포기하지 말아야 해. 알겠지?"

이제 알 만한 분은 다 아는 사실이 한 가지 더 있다.

봄 시즌만 되면 헛도는 내 방망이에 관한 것이다. 나의 봄야구는 가을야구와 비교해서 참 초라하다. 구체적인 데이터를 받아본 적은 없지만 새로운 시즌이 시작되고 4월부터 5월까지 내 성적은 참담하기만 하다. 1할대 타율은 물론이거니와 이상하게도 공을 치면 멀리 날아가지도 않고 범타로 속수무책 물러나기 일쑤였다.

그렇다. 박정권의 가을야구는 참 화려하고 높은 스탯으로 인정받지만, 그 바탕에는 힘겨운 동계훈련 이후 봄바람과 함께 찾아오는 알 수 없는 컨디션 난조의 시간이 쌓여야 가능한 성적이라는 말이다. 봄야구가 없으면 가을야구도 없다. 1군과 2군을 오르락내리락하면서도 포기하지 않은 봄야구와 여름야구가 없었다면 '박정권의 가을야구'는 존재할 수 없는 것이다.

지금 지도하는 2군 선수들은 이런 이야기를 해주지도 않았는데 잘 알고 있다. 그래, 좋아. 평소에도 너희 실력을 조금 더 보여주렴. 나와 함께하는 동안 가을뿐만 아니라 봄, 여름, 가을을 포함해 모든 야구의 계절에 너희가 주인공이 되어주면 좋겠구나.

쳤습니다. 넘어갑니다!

홈런타자에게는 독특한 특징이 있다. 바로 삼진을 많이 당한다는 것이다. 한 시대를 풍미했던 홈런타자들의 기록을 보면 유난히 많은 삼진이 함께하고 있다. 나도 마찬가지였다. 홈런이 많은 만큼, 장타를 많이 때려내는 만큼 삼진 아웃도 많이 쌓아나갔다.

현역 시절, 나는 변화구에 유독 약점을 노출하는 4번 타자이기도 했다. 함께 운동하던 선배들, 코치님, 감독님과 많은 대화를 나누며 이를 극복하려 노력했다. 특히 타격에 일가견이 있으셨던 코치님과 감독님은 변화구와 직구 사이에서 순간적으로 갈등하는 내 선구안에 대해 조언을 아끼지 않으셨다. 그렇게 구슬땀을 흘리던 어느 날, 함께 훈련하던 코치님이 말씀하셨다.

"정권아, 변화구인지 직구인지 이미 알고 있잖아? 마음을 정하면 망설이지 마. 망설이지 않으면 좋은 결과가 있을 거야."

그 말씀에서 힘을 얻었다. 그래서 투수들에게 연습구 겸해서 변화구를 던져달라고 부탁했다. 열심히 타격 연습을 하면서 변화구 타이밍에 맞춘 스윙을 가다듬고 또 가다듬었다. 하지만 삼진 개수는 크게 차이나지 않았고 시즌 초에는 타격 부진까지 거의 매해 경험해야 했다.

팬 여러분은 대부분 홈런을 기억한다. "박정권 선수, 쳤습니다! 넘어갑니다!!" 하는 캐스터들의 중계 멘트는 뇌리에 선명하게 남는다. 당연하다. 홈런이야말로 야구의 꽃이라고 할 수 있는 결정적인 순간이니까. 하지만 그 뒤에는 자꾸 반복되는 삼진 아웃은 물론 특정 코스 변화구에 취약하고 자꾸 볼에 방망이가 따라 나가는 모습에 고통 섞인 고민과 엄청난 양의 훈련이 숨어 있다. 그런 시간이 흐른 후에야 담장을 넘기는 홈런을 펑펑 때리는 박정권의 모습이 겹쳐지는 것이다.

남모를 고민과 숱하게 휘두른 스윙 궤적은 드러나지 않는 법이다. 나의 홈런에는 숱한 헛스윙과 삼진, 엄청난 양의 파울볼이 함께 따라왔다. "쳤습니다, 아, 뒷

2012년 플레이오프 5차전 롯데와의 경기 2회 말 득점 후 이만수 감독님과

담장 넘어가는 파울!" 혹은 "아, 헛스윙! 다시 한번 삼진으로 물러나는 박정권 선수! 잔루 2, 3루를 기록하며 SK의 공격 이닝을 마무리합니다" 등 무수한 실패 기록들이 남겨졌다. 한마디로 실패 없는 성공은 허상일 뿐이다. 수많은 헛스윙과 삼진 아웃, 그것을 해결하려고 밤잠 설치며 휘두른 스윙이 하나가 되어 한 방의 홈런을 만든다.

미국 메이저리그의 전설적인 타자 베이브 루스도 헛스윙 삼진으로 유명했다. 그가 남긴 기록은 전설이라는 별명에 걸맞게 엄청나다. 월드시리즈에만 10차례 출전해서 41경기를 치르는 동안 3할 2푼 6리의 타율과 15개의 홈런을 때렸다. 장타율이 특히 놀랍다. 7할 4분 4리라는 현실로 믿기 어려운 장타율을 기록한 것이다.

아메리칸리그에서만 12회 홈런왕에 올랐던 그는 1919~1921년 3년 연속 메이저리그 최다홈런 기록을 세웠다. 1927년에는 60개의 홈런을 때려 최다홈런 기록을 수립했다. 메이저리그에서 22시즌을 뛰는 동안 통산 714개의 홈런을 기록했는데, 이 기록은 1974년에 행크 아론에 의해 깨질 때까지 최고 기록이었다.

하지만 통산 2,503게임에 출전하여 714개의 홈런을 때려내고 각각 2천 개가 넘는 안타, 볼넷, 타점을 기록하는 동안 삼진 아웃 역시 1,330개를 기록했다. 단순히 홈런과 삼진을 비교해보면 홈런 1개를 때리기 위해 2개에 가까운 삼진 아웃을 당했다는 이야기다.

"박정권 선수, 쳤습니다! 넘어갑니다!!" 기억하자. 여러분도 지금 홈런을 때려내기 위한 헛스윙 연습 중임을. 특히 젊은 세대에게 지금의 코로나19 상황은 기성세대보다 훨씬 큰 충격으로 다가오고 있음을 알고 있다. 하지만 기억하자. 마냥 살기 좋았던 시절은 역사에 존재하지 않았다. 어떤 시대든 젊은이들은 바빴고 방황했으며, 이루어지지 않는 꿈으로 좌절하고 상처 입었다. 젊은 시절은 짧고, 자신이 좋아하고 잘할 수 있는 일을 찾아서 승승장구하는 사람은 찾아보기 어렵다.

나도 마찬가지였다. 고등학교 시절 이후 서른에 접어들어서야 만개했다는 말을 들을 정도로 쉽지 않았던 이십 대를 온전히 견뎌야 했다. 게다가 해마다 봄만 되면 어려움을 겪었고, 이제 야구 좀 할 만하다고 생각하며 재미가 붙었던 2008년 시즌에는 정강이뼈가 세 조각이 나는 큰 부상으로 아예 시즌을 통째로 접었던 시간도 오롯이 겪어내야만 했다.

미래의 홈런타자들에게 당부한다. 조만간, 아주 가까

2011년 플레이오프 5차전 롯데와의 경기 6회 초 2점 연타 홈런

운 미래에 여러분은 모두 자신의 인생에서 홈런을 치게 될 것이다. 그때까지 변화구 앞에 헛스윙을 하는 시절을 숱하게 겪어야 한다는 것을, 그러나 그 헛스윙 끝에는 당신만의 영예로운 별칭이 기다리고 있음을 잊지 말자.

SK

telecom
1992
2011

SK왕조가 가능했던 이유

2007년 SK와이번스는 멋진 모습을 보여주며 한국시리즈 우승을 차지했다. 그때부터 SK는 가을야구의 단골 팀으로 부상했고, 팬들과 언론은 영광스럽게도 'SK왕조'라는 별칭을 붙여 부르기 시작했다. 그리고 여러 언론에서 SK의 전력 상승 이유를 분석했다. 많은 연습량, 선수단 분위기, 선수들 신구 조화 등 여러 이유가 다양한 근거로 제시되었다. 하지만 선수들은 알았다. 김성근 감독님이 부임하셨기에 가능했던 일이었음을 말이다. 한마디로 SK왕조는 김성근 감독이라는 치세가 있었기에 가능했다. 감독님을 제외하고는 SK왕조의 시간을 설명하기가 불가능하다는 결론에 이르렀다.

사실 좋은 지도자는 많이 있다. 실력 있는 선수들도

많다. 그러나 좋은 지도자와 좋은 선수가 함께 있다고 명문팀이 탄생하고 우승컵을 들어 올리는 것은 아니다. 여건들이 다 맞아떨어져 팀이 하나가 되어야만 이런 시대가 열리기 때문이다. 선수들이 좋은 지도자를 따르지 못하는 경우도 있고, 양자 간에 호흡이 맞지 않아 일을 그르치는 경우도 종종 생긴다.

그런 의미에서 SK왕조시대는 모든 여건이 만만치 않음에도 김성근 감독님과 선수단, 그리고 어려운 여건과 많은 제약 속에서도 좋은 방법을 찾아 지원해준 프런트의 삼박자가 혼연일체가 되어 이루어낸 기념비적인 시대였다. 우승전력으로는 평가받지 못했던 2007년 한국시리즈 우승, 2008년 두 번째 우승, 2009년 한국시리즈 준우승, 2010년 한국시리즈에서 압도적인 전력으로 우승하면서 왕조시대가 열린 것이다.

운동만 그런 게 아니다. 기업에서도 담당자 개개인의 능력이 좋은 상급자를 만나 꽃을 피우고, 제약조건이 많음에도 그들을 헌신적으로 뒷받침하는 스태프들이 만나 완벽한 밸런스가 이루어진다.

개인도, 가정도, 프로야구단도, 더 확장해서 국가 차원의 문제도 마찬가지다. 지도자와 그 지도를 받아 움직이는 주력들, 그 주력들을 지원하는 전문가 그룹이 한마음이 되면 이루지 못할 일이 없다. 고난과 역경, 다소간의 갈등은 있더라도 결국은 일가를 이루고 새로운 왕조의 시대를 열어갈 수 있다.

얼마 전 친구와 대화를 나눌 기회가 있었다. 오랜만에 만난 친구는 남 보기에 부러울 것 없는 사람이다. 젊은 시절 사업도 성공했고 행복한 가정을 꾸렸으며 사회생활도 원만하다. 그런데 이 친구에게 한 가지 고민이 있었다. 그것은 바로 중학생이 된 사춘기 자녀와의 문제였다. 대화도 통하지 않고 어떤 방법을 동원해도 게임에 빠져 부모와 대화도 하려 하지 않는 아이 때문에 이만저만 골치가 아픈 게 아니었다. 맞벌이에, 성공적인 사업체를 운영하는 배경에는 거의 자녀들끼리만 시간을 보내면서 부모와 자녀 세대 간의 소통 부재가 원인이라는 사실을 나도 금방 알아챌 수 있었다.

가정도 이러한데 프로야구단에 열리는 왕조시대라는 별칭이 쉽게 주어졌겠는가? 감독은 감독 위치에서, 선수는 선수 위치에서, 프런트는 프런트 위치에서 최선을 다했기에 영광의 이름 'SK왕조시대'가 열린 것 아니겠는가?

모든 것은 소통이다. 먼저 마음을 열어야 한다. 나에

게 SK왕조 4번 타자 역할이 무엇이었느냐고, SK왕조가 가능했던 이유를 묻는다면 한마디로 답을 대신하고 싶다. 소통했다고. 우리는 소통하며 운동했다고.

누구나 염원하는 클라이맥스는 의외로 짧다

Coaching Story

권불십년(權不十年) 화무십일홍(花無十日紅).

'10년을 가는 권력은 없으며, 아름다운 꽃의 빛깔도 열흘을 넘기지 못한다'는 의미이다. 그만큼 누구나 염원하는 클라이맥스는 의외로 짧다.

클라이맥스는 영화 속에서도 길게 등장하지 않는다. 기/승/전을 모두 거친 이야기가 결(結)을 향해 가는 순간들은 짧지만 강렬하다. 주인공이 온갖 역경을 이겨내며 승리의 관을 쓰는 순간도 짜릿하다. 주인공이 장렬한 최후를 맞이할 때 우리는 비감에 젖어 눈물을 흘리기도 한다. 어느 쪽이든 클라이맥스는 길지 않다. 뒤집어 말하면 길지 않기에, 너저분하게 질질 끌지 않고 '화끈'하기에 클라이맥스는 인정받는다.

프로야구 선수의 전성기는 통상적으로 10년을 넘기지

않는다. 절정의 기량이 유지되는 것은 길어야 6~7년이다. 그전에 감 잡기 위해 땀 흘리고 훈련하는 시간이 짧게는 십수 년, 길게는 이십 년까지 이어진다. 나에게도 전성기라고 부를 만한 기간은 2007년부터 2017년까지, 정확히 10년이다. 그 사이 2008년의 큰 부상과 회복, 그 이후로 2018년 끝내기 홈런과 한국시리즈 우승이라는 결과를 누렸지만, 전성기는 10년으로 보는 것이 타당하다. 이렇게 준비한 끝에 절정의 시간을 맞는다. 공은 던지는 대로 스트라이크 존에 꽂히고, 타구는 멀리멀리 날아간다. 타자 입장에서 흔히 하는 말로 투수가 던진 공이 수박만 하게 보인다.

나 역시 SK왕조 시절 4번 타자를 맡으며 절정의 기간을 보냈다. 2007년 한국시리즈 우승부터 시작된 왕조 역사는 2008년 두 번째 우승, 2010년 세 번째 우승으로 이어지며 SK와이번스를 한국 프로야구 역사에 남을 '왕조시대'를 연 팀으로 남게 했다. 2011년부터는 삼성라이온즈가 그 바통을 이어받아 2014년까지 내리 명장 류중열 감독의 지도하에 4번의 우승을 차지했다. 이후 2015년과 2016년은 두산베어스가 한국시리즈 트로피를 품에 안았고, 2017년 KIA타이거즈 우승 후 SK와이번스는 통산 네 번째 한국시리즈 정상에 올랐다.

11번가
린나이

11번가
Wyverns
SK

상당히 흥미로운 점은 그 어떤 팀도 4번 이상의 우승을 이어가지 못했다는 것이다. 아무리 절대적인 전력을 뽐내고 거액의 투자로 우수한 선수를 쓸어 담았어도 우승은 당연한 것이 아니라는 사실이다. 1980년대 최고의 명문구단으로 명성이 자자했던 해태타이거즈도 1986년부터 1989년까지 4회 연속 우승을 거두었지만 1990년에는 강호 LG트윈스에게 왕좌를 넘겨주어야 했다. 들여다볼수록 프로야구나 그 어떤 종목도 강팀은 존재하지만, 절대 강자는 생각보다 그 호흡이 길게 유지되지 않는다는 사실을 알 수 있다.

많은 이들은 자신의 클라이맥스가 길고 강하게 유지되길 기대한다. 인생도 마찬가지다. 클라이맥스 순간은 짧고 강렬한 것이 인지상정이다. 클라이맥스를 아주 길게 누리고 싶어 한다면 그것은 욕심에 더 가깝다. 반드시 무리수를 두게 되고, 그 무리수는 거꾸로 클라이맥스 순간을 더욱 단축하는 부작용으로 나타난다. 나 역시도 왕조 시절과 그 이후 성적의 부침을 겪어야 했다.

다음은 나의 현역 시절 연평균 타율, 장타율, 홈런과 안타 개수다.

시즌	타율	경기	타수	안타	홈런	타점	삼진	출루율
2004	0.179	24	28	5	0	0	5	0.233
2007	0.221	100	208	60	4	25	50	0.280
2008	0.260	56	127	38	3	20	23	0.319
2009	0.276	131	446	150	25	76	91	0.354
2010	0.306	124	431	156	18	76	89	0.398
2011	0.252	122	453	137	13	53	103	0.317
2012	0.255	122	416	129	12	59	80	0.328
2013	0.292	110	363	127	18	70	79	0.394
2014	0.310	120	452	175	27	109	106	0.367
2015	0.281	124	438	146	21	70	119	0.353
2016	0.277	125	422	137	18	59	99	0.337
2017	0.256	118	305	93	16	51	78	0.328
2018	0.172	14	29	5	2	6	9	0.226
2019	0.188	18	32	7	1	5	11	0.297
통산	**0.273**	**1,308**	**4,150**	**1,360**	**178**	**679**	**942**	**0.347**

한순간도 방심하지 않고 엄청난 양의 땀을 흘린 시절이었다. 뛰고 구르고 타격을 하며 온몸을 불살랐다. 그럼에도 내 기량을 넘어서는 성적을 낼 수는 없었다. 특히 시즌 초반 부진과 찬바람이 불기 시작하면서 상승하는 내 성적 추이는 해가 갈수록 그 성향이 뚜렷해졌다.

명심하자. 인생의 클라이맥스는 길 수 없고, 어떻게 보면 길어져도 곤란하다. 절정의 순간이 길어진다면 그것은 그만큼 내 삶을 심하게 소모한다는 의미이기 때문이다. 절정, 멋진 결말의 아찔한 순간은 누구나가 간절히 바라는 순간이다. 그러나 그 순간이 강렬하게 기억되는 것은 그 앞에 놓였던 응축된 시간과 에너지가 짧고 강렬하게 분출한 덕분이다. 준비가 짧고 여건이 마련되지 않은 상황에서 길고 힘 있는 클라이맥스를 기대한다면 자기 자신을 속이는 행위에 불과하다.

모두가 클라이맥스, 높은 경지, 멋진 성과, 큰 액수 등을 꿈꾼다. 하지만 인생은 클라이맥스를 위해 존재하지 않는다. 도리어 수많은 시간을 기(起), 즉 준비하고 또 기초를 닦고 환경을 구비하는 데 더 공을 들인다. 그리고 승(承), 조금씩 일이 손에 익고 하던 일 중에도 더 자신 있게 할 수 있는 일이 드러나면서 전문성이 상승한다. 이제 한 분야에서 일하는 맛도 느끼게 된다.

드디어 '전'(轉)이 찾아온다. 화려한 스포트라이트가 비추고, 많은 사람이 다가와 헹가래를 한다. 온통 내 이름이 불린다. 영원히 이 순간이 끝나지 않으면 좋겠다고 생각하는 순간, 와르르 꿈에서 깨어나고 만다. 결(結), 이제 정리 모드에 돌입한다. 생각처럼 기, 승, 전, 각 단계는 길게 느껴지지 않는다. 짧은 꿈을 한자리에서 꾼 것에 불과한데, 어느덧 나이도 들만큼 들었고 놀라울 정도로 많은 시간이 쏜살같이 지나가고 말았다.

이제 마음을 편하게 갖자. 클라이맥스는 짧기 때문에 의미 있다. 2014년이야말로 나의 전 중의 전, 클라이맥스 중에서도 클라이맥스 시즌이었다. 공을 때릴 때마다 경쾌한 소리와 함께 공이 쭉쭉 뻗어 나가던 시즌이었다. 하지만 시간은 흘렀고, 기량 저하는 예외 없이 찾아왔다.

기승전결은 누구에게나 공평하게 찾아오는 흐름임을 깨달게 된 것이다.

우리는 주변에서 욕심을 부리고 과욕으로 일을 추진하다가 망가지거나 인생에 큰 후회를 남기는 경우를 여럿 목격하지 않았던가? 오늘도 우리는 짧은 클라이맥스를 보내고 있는지도 모른다. 늘 준비하되 욕심을 버리자. 그리고 짧게라도 지나가는 클라이맥스가 내 삶에도 존재한다는 사실에 마음을 가볍게 갖자.

클라이맥스를 위해 준비 중인 기, 승의 단계에 있는 당신도 이미 충분히 멋진 사람이다. 혹시 전성기에 있는 사람이라면 조금 더 겸손하게 지금을 즐기면 좋겠다. 그리고 결론에 이르러 인생을 돌아보거나 한 분야에서 톱의 자리에 머물러보았다면 이제 그것을 주변과 나누는 여유로운 당신이길 바란다. 당신은 이미 위너이기 때문이다.

SK gas
SK
Wyverns

SK gas
SK
Wyverns

박정권×김주윤의 스포츠 멘탈 코칭 4

Q

큰 경기에서 부담감 때문에 평소 자기 실력도 발휘하지 못하는 선수가 있고, 박정권 코치님처럼 시즌에 부진하다가도 가을 바람만 불면 잘하는 스타 선수들도 있어요. 그래서 팬들 사이에서는 가을이 오면 박정권이 오는 게 아니라 박정권이 와서 가을이 왔다는 말도 있지요.

유독 큰 경기에 강한 선수들이 있는데, 물론 연습이나 작전, 선수단, 코칭 스태프 등이 영향을 끼치겠지만, 개인의 멘탈 관리도 무시하지 못할 것 같아요. 멘탈 코치가 보는 비결이 있을까요?

좋은 질문이면서 쉽게 답하기 어려운 질문이기도 하네요. 앞에서도 말했듯이 자기 탐색과 인지 과정이 중요하다고 봅니다. 굳이 비결을 꼽자면, 질 높은 '자기대화'라고 말하고 싶습니다. '가을 사나이'라는 닉네임을 들을 때마다 자신에게 이렇게 타이르곤 했습니다. '시즌 내내 고생했어. 이건 보너스 게임, 축제야. 많은 관중 앞에서 게임을 즐길 수 있는 시간이야'라는 자기대화를 거치며

욕심보다는 편안함과 즐기는 마음을 유지하려고 애썼습니다.

'마음속으로 하는 생각이나 말'이라면 그게 무엇이든 자기대화로 정의할 수 있지요.

김

박 코치님 지적대로 실제로 많은 선수가 자기대화를 풍부하게 시도하면서 건강한 멘탈을 유지할 수 있도록 지도하려고 신경 씁니다. 자기대화가 깊어질수록 대화의 질은 높아지고 그 끝에는 '이 경기를 위해 무엇을, 어떻게, 왜 할 것인지'에 대한 본인의 영감이 구체적으로 드러나게 되니까요. 간혹 생각이 많아져서 힘들다, 생각을 아예 하지 않고 싶다고 말하는 선수들이 있지요. 동의합니다. 그럴 수 있지요. 생각은 때론 우리를 더 힘들게 하니까요.

하지만 자기대화를 멈춰서는 안 됩니다. 다른 사람과의 대화가 힘들다고 포기하면 관계는 끝납니다. 이처럼 내가 나와의 관계를 끝내는 것은 결코 바람직하지 않지요. 생각(자기대화)을 멈추는 것이 아니라 방식을 바꿔 나에게 도움이 되는 방향으로 자기대화를 이끌 필요가 있습니다. 그것이 제가 추구하는 질 높은 멘탈 관리의 모습이기도 합니다.

Q

포스트 시즌이나 올림픽 같은 큰 경기를 뛸 때, 긴장할 수밖에 없고 좋은 성적을 거두려면 욕심을 낼 수밖에 없는데 큰 경기에서의 멘탈 트레이닝 방법이 있나요?

김

앞서 말씀드린 것처럼 멘탈 트레이닝 방식으로 접근하자면 심리적 안정, 루틴, 심상 훈련 등 다양한 훈련 방법이 가능합니다. 이 부분에 대해서도 코칭적 접근으로 답을 할 수 있겠네요. 큰 경기에서 타석이나 마운드에 서야 하는 상황은 언제든 다가옵니다. 이때 선수 본인이 '욕심을 낸다'라는 것을 어떻게 받아들이는지 확인할 필요가 있습니다.

다시 말해 '욕심을 내는 자신은 어떤 모습인지, 그것이 큰 경기를 치르는 데 있어 자신이 원하는 상태인지, 혹 그렇지 않다면 어떤 모습과 상태(정확하게는 인지/감정에 해당합니다)였으면 하는지'에 중점을 두는 것입니다.

박

제 경험을 들어 말씀드리겠습니다. 저는 오히려 큰 경기에 나설수록 욕심을 전혀 내지 않았습니다. 그렇기에 게임을 온전히 즐길 수 있었고, 시즌의 압박감과는 다른 마음 상태 즉, 본인의 퍼포먼스를 가장 잘 끌어낼 수 있는 최적 상태를 발휘했다고 볼 수 있습니다.

실제로 포스트 시즌에 비해 정규 시즌 때는 많은 압박과 부담감을 느끼면서 퍼포먼스가 더 힘들었습니다. 어떤 이는 '욕심'이라는 매개를 가동자원으로 사용하지만, 어떤 이는 장애물로 여기기도 합니다. 그리고 같은 사람이라도 상황에 따라 다른 에너지를 내기도 하고요. 모든 것은 선수 본인이 결정하는 것이지요. 결국, 큰 경기를 위한 코칭적 대비는 내가 경기에서 어떤 모습이고자 하는지 '진짜 나'를 찾는 것이 핵심입니다.

Chapter 3

역시,
정권이 내

존재만으로도 빛나는 감독님

2006년 11월 열심히 치고 달렸던 상무에서 전역했다. 그때 김성근 감독님께서 시즌 중임에도 SK와이번스에 부임하셨다. 운명적 만남이랄까. 익히 그 유명세를 알고 있었기에 김성근 감독님이 오신 후 SK가 어떤 모습을 갖추어갈 것인지 궁금했다. 상무에서 성적을 내면서 감을 잡고 있었기에 남모를 자신감도 있었다.

지금 돌이켜보면 김성근 감독님의 SK는 무지막지한 연습량 위에 세워진 구단이었다. '노크'라고도 하는 '펑고'를 감독님과 해본 선수들은 안다. 감독님께서 얼마나 선수들의 잠재력을 끌어내려 애쓰시는지 말이다. 가혹할 정도로 극한까지 몰아붙이시는 그 시간을 선수들은 몸으로 겪어냈다. 숨도 쉬기 어렵고, 온몸이 멍드는 것처럼 아픈 건 기본이다. 나름 야구로 잔뼈가 굵은 선수들이지만 말도 하지 못할 정도로 곤죽이 된다. 지금도 당시를 회상하면 그 노크를 어떻게 받아냈는지 아득한 기억이 눈앞에 삼삼하다.

그렇게 우리는 2007년 시즌을 앞두고 일본 전지훈련을 떠났다. 타격과 1루 수비를 주로 맡았던 나는 타격 지도를 맡았던 일본인 세키가와 코이치 코치님으로부터 타격을 지도받았다. 그때는 몰랐지만, 세키가와 코치님에게서 배운 타격 폼과 배팅 타이밍, 펀치력에 대한 이야기가 아직까지도 마음에 깊이 새겨져 있다.

당시 김성근 감독님은 무엇 하나 허투루 넘어가는 일이 없었다. 끝없이 선수들을 향해 요구하셨다. 엄청나게 하자, 반드시 하자, 될 때까지 하자. 감독님께서 지속해서 이야기하시는 프로선수의 자세였다. 결국, 팀은 일명 'SK왕조시대'를 열었고, 한동안 다른 팀 팬들로부터 "SK와 붙으면 경기가 재미없다"라는 말을 들을 정도로 압도적이면서 디테일에 집중하는 야구를 추구했다.

사실 SK에 부임하시기 전부터 김성근 감독님은 먼발치에서나마 뵙고 이미 알고 있던 분이었다. 하지만 직접 감독님으로 모시게 되면서부터 내 성적도 상승하기 시작했다. 지금도 나는 누군가에게 지도자의 모범이 누구냐는 질문을 받으면 서슴지 않고 김성근 감독님을 첫 손에 꼽는다. 그만큼 내 전성기를 이끌어주셨고 나 또한 열과 성을 다해 감독님을 따랐다. 모든 것을 쏟아부어 한 시대를 살아내야 하는 운동선수로, 특히 프로야구 선수 입장에서 전성기 시절에 어떤 지도자를 만났느냐는 것은 다른 무엇보다 중요한 부분이다. 그런 의미에서 나는 참 행운아였다. 과분하게도 SK왕조 시절 동안 4번 타자라는 중책을 맡았기 때문이다.

우리 팀은 2007년 한국시리즈에서 우승을 차지했다. 하지만 그 수준에서 만족할 감독님이 아니라는 것은 우리 모두 잘 알고 있었다. 또다시 시작된 일본 전지훈련. 그리고 2008년 시작된 시즌에서 우리는 또 우승을 차지했다. 하지만 불의의 부상으로 나는 병상에서 우두커니 팀의 우승을 지켜봐야 했다. 그렇게 시간이 흐르고 다시 맞이한 2009년 시즌은 준우승으로 마무리되었고, 2010년 시즌이 시작되었다. 2010년도 시작부터 쉽지 않았다. 주전 선수들의 줄부상으로 시즌 초부터 SK는 어려움을 겪었다. 이전 시즌에 비해 압도적인 승률을 유지하지 못했다. 김성근 감독님은 정말 카리스마 그 자체셨다. 선수단을 장악하는 힘이 굉장한 분이었다. 감독님의 지휘를 선수들에게 각인시키고 끌고 가는 힘은 정말 타의 추종을 불허했다. 무슨 이유를 대든 성적을 내야 하는 프로야구단에서 리더십을 발휘하는 것이 결코 만만한 일이 아님을 선수인 나도 어렴풋이나마 깨달을 수 있었다.

침 한 방울 남지 않을 때까지 감독님의 노크, 배팅볼을 받아 뛰고 구르던 시간이 생각난다. 감독님의 지도 아래 고된 인내의 시간을 이겨내며 나는 SK의 최고 시절을 장식할 수 있었다. 결국, 나는 김성근 감독님과의 만남을 통해 가을 사나이 박정권이 될 수 있었다.

감독님, 감사합니다. 늘 건강하십시오.

SK

2012년 플레이오프 5차전 롯데와의 경기 4회 말 2루로 들어오며

몸 준비해라, 정권아

모름지기 프로 선수라면 누구나 자신의 몸 상태에 책임을 져야 한다. 물론 여기에 만족한다면 최고의 선수가 되기란 요원한 일이다. 야구를 하면서 듣기에 가장 겁이 났던 표현이 '몸 준비해라'라는 감독님의 짤막한 요구였다.

최고의 단거리 육상선수라도 최고의 축구선수가 될 수는 없다. 종목에 따라 사용하는 근육이 다르기 때문이다. 폭발적인 스퍼트로 100미터 혹은 400미터 계주에서 승부를 보아야 하는 육상선수에게는 지구력을 요구할 수 없다. 반면 마라톤선수가 덩어리 근육을 많이 키우는 것은 유리하지 않다. 근육에 젖산이 많이 쌓일수록 성적이 떨어지기 때문이다. 오히려 축구선수나 마라톤선수들은 지구력과 심폐 능력을 키워 순발력과 꾸준함을 동시에 추구한다.

야구선수는 힘과 순발력을 동시에 구비해야 한다. 근력 사용에 있어서 순발력이 더욱 중요하다. 야구는 종목의 특성상 계속 달려야 하는 축구나 마라톤과는 다른 근육을 사용하기 때문이다. 야구는 특히 근골격계의 유기적인 관리에 힘을 쏟아야 한다. 갑자기 서고, 달리고, 방향을 바꾸고, 송구하고, 헤드 슬라이딩을 하는 등 순간적으로 몸에 무리가 가는 동작이 많기 때문이다.

프로야구 선수들이 크고 작은 부상에 시달리는 이유가 여기에 있다. 아무리 관절과 근육을 훈련해도 순간적인 동작이나 움직임의 방향이 변화할 때마다 어쩔 수 없이 몸에 무리가 가는 것이다. 나 역시 188센티미터의 키에 100킬로그램에 가까운 거구를 유지하고 있으므로 그라운드에서 구르고 일어서고 뛸 때마다 몸에 엄청난 하중이 실리는 것을 느낀다. 그래서 아무거나 먹을 수도 없고 먹어서도 안 되며 언제나 근육이 몸을 뒷받침할 수 있도록 신경을 곤두세워 관리해야 한다. 이런 면에서 몸 준비해라, 이 한 마디에 숨은 중차대한 의미를 강조하는 것이다.

특히 나처럼 프로 선수였던 사람이 은퇴하거나 나이

를 먹으면 급격히 체중이 증가할 때가 많다. 그래서 관리가 더 중요하다. 칼로리를 계산해가며 절식해야 하며, 내키는 대로 먹고 마시다 보면 어느새 체중이 무섭게 늘어난다. 나이가 들수록 근육은 줄어드는 반면 체중 감량은 쉽지 않다. 신진대사가 체력을 유지하는 쪽으로 변하기 때문인데, 그럴수록 더욱 섭식과 꾸준한 운동에 힘을 쏟아야 한다.

사람의 몸과 마음은 불가분의 관계를 유지한다. 몸이 건강하면 마음도 건강하게 된다. 마음이 건강하면 덩달아 몸도 자꾸 움직이게 되고 사람들도 활발하게 만나면서 마음이 풍요로워진다. 정말 마음과 몸, 몸과 마음은 일심동체다. 그런데 몸을 만드는 데 소홀히 한다면 어떻게 될까? 결정적인 순간에 하고 싶은 일을 하지 못하게 되거나 좋은 기회가 왔을 때 자신감 있게 나서지 못하고 우물쭈물하게 될 것이다. 여러모로 안타까운 일이 아닐 수 없다.

모두가 마스크를 벗게 된 날을 상상해보자. 기분 좋게 마스크를 벗어 던지고 힘차게 외출하려는데 몸이 휘청한다면 얼마나 당황하겠는가? 모처럼 멋지게 차려입으려는데 전에 잘 맞았던 옷이 맞지 않는다면 얼마나 낭패스러울까? 자기 이름을 넣어 외쳐보자. "몸 준비해라, ○○아!" 그리고 스트레칭과 걷기부터 시작해보자.

정권이 내!

살다 보면 누구에게나 3번의 결정적인 기회가 찾아온다고 한다. 기대하지 않았던 순간, 예상하지 못했던 만남을 통해 우리 앞에는 엄청난 기회가 열린다. 그리고 그 기회를 멋지게 포착하고 낚아챈 사람은 일가를 이루고 이름을 날리게 된다. 하지만 준비하지 못한 사람은 주어진 기회를 살려내지 못한다. 심지어 그것이 기회인지도 아예 모르고 그저 흘려버리고 만다. 참 안타까운 일이 아닐 수 없다.

얼마 전 우여곡절 끝에 2020 도쿄올림픽이 개막했다. 우중충한 분위기의 개막식을 보고 있자니 도리어 울적해졌다. 하지만 연일 이어지는 양궁 선수단의 금메달 소식과 여자배구 대표선수들의 파이팅에 참 기뻤다. 특

2016.4.14. KIA와의 경기 끝내기 후

히 반짝반짝 스타성을 유감없이 보여준 고등학교 2학년 소년 궁사 김재덕 선수, 3관왕이라는 빛나는 업적을 이룬 안산 선수 그리고 배구대표팀을 4강으로 이끈 '배구여제' 김연경 선수.

폭염과 코로나19로 지친 많은 분이 양궁의 남녀혼성팀, 여자단체전, 남자단체전을 휩쓰는 우리나라 양궁 대표팀과 세계랭킹이 훨씬 높은 일본과 터키를 차례로 마지막 세트까지 가는 접전 끝에 승리하는 여자배구를 보며 큰 위로와 감동을 얻었다.

그중에서도 양궁 남자대표팀의 맏형 오진혁 선수가 금메달을 확정하는 한 발과 함께 내뱉은 한 마디에 온몸에 소름이 돋았다. "끝!" 5년간 흘린 땀방울과 눈물이 응축된 단 한 마디였기에 모든 이들이 감동과 함께 전율을 느낀 것이다. 마치 마지막 공격 기회 9회 말에 날린 끝내기 홈런볼이 배트에 맞았을 때의 희열과 비슷한 감정이었다.

놀라운 것은 이 선수들이 원래 2020 도쿄올림픽 남자대표팀이 아니었다는 사실이었다. 원래 예정했던 시기가 아닌 1년 늦추어 2021년에 개막했기에 양궁 대표팀은 대표선수들을 다시 선발해야 했던 것이다.

또한 김연경 선수도 여자배구 대표팀의 뜻하지 않은

주요 멤버 교체 등 어수선한 상황에서 참으로 멋지게 중심을 잡았다. 모든 열정을 다해 뛰고 또 뛰는 그녀를 보며 감동하지 않은 국민이 없었다.

이처럼 많은 노력과 열정이 모이고 또 모이면 그 결과는 반드시 드러난다. 노력은 결코 배신하지 않는다. 스트라이크 아웃을 당하면서도 다시 방망이를 들고 공을 때리고 날아오는 공을 향해 몸을 던지고 구르며 운동하다 보면 어느 날 감독님이 부르신다. "정권이 내!"

박정권, 하면 떠오르는 '가을 사나이' 이미지가 자리 잡는 데 가장 결정적인 순간이 된 경기가 2018년 넥센 히어로즈와의 플레이오프 1차전이다. 스코어는 8:8 동점이었다. 그리고 9회 말이 찾아왔다. 1사 1루의 마지막 기회. 더그아웃에 앉아 있던 힐만 감독님이 결심한 듯 말씀하시는 것이었다.

"정권이 내!"

그렇게 내 운명의 시간이 찾아왔다. 지금도 잊을 수 없다. 약간 낮은 코스를 파고들어 카운트를 잡으려는 직구. 몸이 먼저였는지 마음이 먼저였는지 모르겠다. 내 배트는 힘차게 돌았고, 내가 공을 때렸다기보다 공이 배트 중심에 와서 맞는다는 느낌이 드는 순간 확신에 가득 찼다. '맞았구나! 됐구나!' 공은 라이너성으로 힘차게 중견수 쪽으로 날아갔고, 나도 모르게 이미 한 팔을 하늘을 향해 쳐들면서 1루 베이스를 향해 뛰고 있었다. 공은 펜스를 넘어 전광판 아래쪽에 꽂혔다. 관중석은 난리가 났고 펄쩍펄쩍 뛰어다니며 홈 베이스에 동료선수들이 모여드는 장면이 보였다.

마침내 홈에 도착했다. 이미 경기장은 흥분의 도가니 그 자체였다. 멋진 피날레가 장식되는 순간이었고, 나는 다시 한번 극적인 장면을 연출한 가을의 사나이로 불릴 수 있었다. 하지만 그 순간이 쉽게 이루어진 것은 아니었다. 그해 2018년은 최악의 시즌이었기 때문이다. 연초부터 도저히 타격감이 올라오지 않았다. 기초체력 단련에 더 매진했고, 쉬지 않고 이런저런 시도를 하며 시즌 초반을 보냈던 터였다. 여름도 그렇게 보냈다. 공을 치고 또 쳤지만, 타석에만 오르면 결과가 좋지 않았다. 말 그대로 미칠 지경이었다.

그러나 찬바람이 불면서 거짓말처럼 타격감이 회복되기 시작했다. 정말 나도 모른다. 어떻게 찬바람이 불면 타격감이 거짓말처럼 돌아오는지 나 자신부터 신기할 정도였다. 그렇게 하루하루 몸 상태를 만들며 출전과 대기를 반복하던 중 팀은 플레이오프에 진출했다.

그해 넥센히어로즈는 상당히 좋은 성적을 냈고, 신흥 강호로서 많은 팬을 확보하고 있었다. 야구 관계자들조차도 플레이오프에서 넥센이 SK보다 전력이 더 강하다는 분석을 내놓을 정도였다.

그 가을야구의 성패를 가늠하는 1차전, 팽팽한 타격전의 마무리 시간. 8:8 동점인 상황에서 터진 '정권이 내!' 한 마디에 이루어진 역사적인 순간이었다.

눈을 크게 떠보기를 바란다. 지금도 내게는 기회가 다가온다. 살아 있는 한 기회는 다시 찾아온다. 내가 찾을 때도 있고 저절로 다가오기도 하는 기회. 그 기회가 있기에 우리는 희망을 버리지 않는다. 희망을 놓치지 않는다.

우리에게 익숙한 말이 있다. 기회는 준비된 자에게 찾아온다. 정말 맞는 말이다. 이 이야기를 약간만 뒤집어보면 세상에 공짜는 없다는 말이 된다. 우연의 일치란 실제로는 존재하지 않는다고 믿는다. 우연을 가장한 필연이고, 우연처럼 찾아온 행운일지라도 당사자의 행실이나 삶의 방식이 쌓이고 쌓여서 오늘의 그 사람을 만든 것이다. 그래야 세상이 공평하지 않을까?

내게도 좋은 시간이 찾아올 것이라는 확신과 함께 힘

을 내자. '정권이 내!' 그 순간이 찾아왔을 때 준비가 되어 있기를. 그리고 그 기회를 멋지게 붙잡아 끝내기 홈런으로 승리의 삶을 장식하는 여러분이 되길 바란다.

리더십이란 어떤 것일까

Coaching Story

쉽지 않지만 한 번쯤은 정리하고 넘어갈 주제다. 리더십이란 어떤 것일까? 나는 김성근 감독님과 트레이 힐만 감독님, 두 분의 명장 밑에서 선수 생활의 전성기를 보내는 혜택을 누렸다. 절대 잊을 수 없는 리더십을 직접 경험했던 것이다. 두 분은 굳이 비교할 것도 없이 개성이 명확한 리더십을 갖고 있었다. 두 감독님의 리더십을 살펴보면 리더십이 갖추어야 할 여러 덕목을 파악할 수 있다.

김성근 감독님의 리더십은 한 마디로 '카리스마'이다. 카리스마는 감독님의 별칭에도 잘 녹아 있다. '야신', 즉, 야구의 신이라는 별칭을 공식, 비공식으로 인정받은 분이다. 그 정도이니 김 감독님의 강렬한 리더십은 아무도 흉내 낼 수 없다. 하지만 카리스마 리더십에는 누구도 부정하기 어려울 정도의 전문성과 솔선수범이 반드시 수반된

Rinnai

다. 카리스마는 절대 공짜로 얻는 게 아니다. 전지훈련을 가든 원정 경기를 가든 감독님 방의 불이 가장 늦게까지 켜져 있다는 것을 선수들은 알고 있다. 일본에서 태어나고 자란 재일교포 2세였던 감독님은 일본의 장점은 흡수하되 그것을 한국인 특유의 근성으로 소화해낸 걸출한 분이다. 일본 야구 특유의 섬세한 접근, 정밀한 데이터 분석을 통한 작전 구사 능력은 타의 추종을 불허한다.

하지만 그것이 전부가 아니다. 펑고를 해보면 안다. 공을 구석구석 직접 배팅으로 보내시며 선수보다 큰 목소리로 힘을 쏟으신다. 함께 땀을 흘리는 70세가 다 된 감독님 앞에서 감히 누가 훈련에 대해 토를 달겠는가? 그리고 팀 성적이 그만큼 뒤따라오니 무시할 사람은 아무도 없다. 카리스마 리더십의 가장 큰 특징이자 두드러진 함정이 될 수도 있는 전문성과 솔선수범. 말처럼 쉬운 것이 아니지만 김성근 감독님은 이 두 가지가 전제된 카리스마 리더십의 교본이라 할 만한 분이다.

그토록 공적인 자리에서는 조금도 흐트러짐 없는 감독님이지만 사석에서는 썰렁한(?) 농담도 건네시고 선수들에게 짧지만 강렬한 미소도 보내시는 인간미도 갖춘 분이다. 어떻게 사람이 늘 날카롭고 완벽하기만 하겠는가? 김성근 감독님의 평상시 모습과 여유로운 표정이 교차하는 지점은 카리스마를 확실히 보여주면서 그 밑에 따스한 감성을 갖추었을 때다. 이러한 모습이 감독님의 리더십을 더 특별한 것으로 만들어주었다. 감독님 밑에서 뛰고 구르며 보낸 시간은 지금 되돌아보면 한바탕 꿈을 꾼 것만 같다.

트레이 힐만 감독님은 어떤 상황에서도 표정 변화가 거의 없었다. 기대도, 실망도, 기쁨도, 승리의 환희도 아주 짧게 스쳐 지나갈 뿐 눈치 채기가 거의 불가능했다. 말수도 많지 않고 오로지 경기의 흐름을 가만히 지켜보다가 작전 사인을 낼 뿐이다. 그러나 그 모습이 묘하게 선수들에게 안정감을 준다. 말없이 그리고 평소에도 편안한 모습 그대로 행동할 뿐 카리스마가 있다거나 존재감이 큰 감독님은 아니었다.

하지만 힐만 감독님의 진정한 존재감은 함께 있을 때가 아니었다. 어떤 이유로든 자리를 비우시면 곧 빈자리가 매우 크게 다가왔다. 내게는 그런 것이 매우 신선했다. 사실 김성근 감독님과 전혀 다른 스타일의 리더십을 보인 힐만 감독님을 만났기에 그분 특유의 리더십에 감동을 받았던 것이다. 디테일에 강하면서도 승부의 큰 전환점을 앞두고는 과감한 결단도 내리셨다. 나를 기억하시는 많은 팬에게 최고의 순간을 꼽아보라고 한다면 반드시 등장하는 그 장면, 2018년 플레이오프 1차전 끝내기 홈런 순간이야말로 그런 힐만 감독님의 결단으로 가능했다.

힐만 감독님은 말 그대로 '포커페이스' 그 자체다. 미동이 없다. 리더십 모델로 본다면 힐만 감독님은 신뢰의 아이콘이다. 어떤 상황에서도 합리적인 판단을 내리는 분이라는 믿음을 충분하리만큼 준다. 감정에 휘둘리거나 기분 내키는 대로 전략과 선수를 택하지 않는다는 그 믿음은 선수들에게 '꾸준함'이라는 좋은 자양분이 되었다. 늘 그 자리에, 변함없이, 표정 변화 크지 않게 언제나 자리를 지키는 기둥 같은 리더십의 소유자였다.

모시고 직접 운동을 해본 입장에서 동서양 리더십의 공통점 혹은 차이점을 고민해본 것 역시 남다른 행운이었다. 통상 서양의 리더십이 더 카리스마를 강조하고 자로 잰 듯할 것 같으며, 동양의 리더십이 더 감정을 드러내지 않는 스타일이라고 여길 수 있다. 그러나 내가 경험했던 두 분을 보며 리더십은 동서양을 막론하고 그 '완성도'에서 판가름 나는 것을 깨달았다.

리더십은 그 영향 아래에 있는 사람들에게 무엇보다 강렬한 영향을 준다. "정권이 내!"라는 힐만 감독님의 나직한 한 마디에 나는 대타를 준비했고, 전날부터 연습 타격감이 좋았던 나를 말없이 지켜보던 감독님의 무표정한, 하지만 많은 것을 의미하는 눈빛을 등 뒤로 느끼며 타석에 들어섰다.

그날 이후로 나의 가을 사나이 이미지는 확고부동해졌다. 많은 분이 가을이면 성적이 확실해지는 박정권의 타격 리듬을 말씀하시지만, 사실 나의 이런 이름은 김성근 감독님과 힐만 감독님 그리고 좋은 리더십의 지도하에 얻은 것이 확실하다. 그리고 이제 코치로 인생 후반전을 시작하면서 내 앞에 놓인 리더십의 무게를 생각해본다. 훗날 박정권 코치의 리더십은 어떤 것으로 기억될지 떠올려본다. 김성근 스타일일지, 트레이 힐만 스타일일지, 아니면 박정권만의 뭔가가 자리 잡을지. 열심히 연구하고 달려가다 보면 리더십의 비밀을 깨닫게 되는 날이 오리라.

박정권×김주윤의 스포츠 멘탈 코칭 5

Q

2군 선수들은 1군으로 올라가기 위해 스스로를 압박하고 고민을 많이 할 것 같아요. 욕심이 나서 하다 보면 오히려 다칠 수도 있고요. 오랜 기간 2군에 있으면서 힘들어하는 선수들에게는 어떻게 코칭하시는지요?

박

오랜 기간 2군에 있는 선수들에게는 예외 없이 미래에 대한 걱정과 두려움이 있습니다. 모든 선수는 매년을 마지막으로 여기며 자신의 전부를 쏟아붓습니다. 전쟁터와 같은 프로에서 1군이든 2군이든 선수 생활을 해낸다는 것 자체가 그들에게 남다른 재능과 노력이 있다는 것을 뜻하지요. 코치인 제가 간혹 선수들에게 건네는 말이 있습니다. "야구를 안 할 수 있어야 야구를 할 수 있다." 뜻밖으로 들리겠지만, 제 코칭의 궁극적인 목표는 선수 개인의 삶에 주목하기 때문입니다. 비록 프로야구 선수로 생활할지라도 야구는 어디까지나 그 선수에게 한 부분에 불과합니다. 결코 야구가 한 개인의 존재보다 귀하진 않습니다. 오랜 기간 2군에 있는 것에 힘들어하는 선수가 있다면 지금은 이 질문을 먼저 던질 것 같아요.

"야구가 그렇게 재미있니?"

김

맞습니다. 멘탈 코칭 기법 중에서 의식의 흐름을 따라 일정한 성과를 낼 수 있을 정도로 생각의 방향을 가볍게 터치해주는 기법이 있습니다. 선수의 마인드에 적극 개입하지 않으면서도 마치 한 번씩 방향등을 켜주는 것 같은 코칭이지요. 무조건 "걱정하지 마. 넌 잘하고 있어!"라고 말해주는 것은 바람직한 코칭이라고 보기 어렵습니다. 때로는 거짓말일 수도 있는 이 말은 단순한 위로에 불과합니다. 대신에 코칭은 있는 그대로의 상태를 다시 한 번 주의하게 해주는 기능에 집중합니다.

Q

팬들 사이에서 SSG 랜더스는 전신 SK와이번스 시절부터 "더그아웃 분위기 참 좋다, 우리 팀 '꼰대'는 외인 로맥(꼰맥)만 허용한다"라는 우스갯소리가 돕니다. 물론 시즌 내내 분위기가 좋을 수 없고 연패를 당할 때는 분위기가 침체될 수도 있지만 전반적으로는 좋아 보입니다. 2018년 우승했던 가을야구만 보더라도 하나 된 선수단의 모습을 보며 팬들도 더 똘똘 뭉쳐 응원했던 것 같아요. 8년 만의 우승이었고 그만큼 엄청나

게 간절했으리라 생각해요. 더그아웃 내에 이미 우승해본 경험을 가진 베테랑 선수도 많았고요. 당연히 긴장했겠지만 그보다 즐기는 듯한 노련미가 많이 느껴졌는데요, SSG 랜더스만의 분위기를 위한 비결이 있을까요?

박

아쉽게도 최근에 1군 더그아웃에서는 선수들을 직접 관찰하지 못했습니다. 2군 코치이다 보니 1군 분위기는 좋은 추억으로 남아 있지요. 2군 더그아웃을 중심으로 설명하자면 선수들 스스로 낸 힘이라고밖에 설명할 수 없겠네요. 우리 선수들은 그 누구도 홀로 있게 두지 않습니다. 선배, 후배, 투수, 야수 구분할 것 없이 주위를 챙깁니다. 축하든 위로든 결코 혼자 두는 법이 없습니다.

김

코칭은 지나치게 선수들에게 개입하는 것을 가장 경계합니다. 멘탈 코칭은 종합적인 멘탈을 위한 편안함과 적절한 자극제 역할을 할 뿐입니다. 박 코치님의 코칭이 그런 면에서 멘탈 코칭의 기본을 잘 지키는 코칭이라고 생각합니다.

가끔은 더그아웃에 멘탈 코치인 제가 필요 없겠다, 생

각마저 들어요. 선수들이 워낙 자기들끼리 좋은 분위기를 만들어가는 전통이 자리 잡았다고 느끼기 때문이지요. 저는 팀에 들어온 지 2년 차에 불과한 코치이기에 계속 관찰자 입장으로 말하자면, 이러한 모습은 단기간에 형성된 것이 아닙니다. 오랜 시간을 거쳐 선수들끼리 이어져온 팀 컬러가 아닐까 싶네요.

Wilson
SK
LTE
36
36
36

처음이라서 좋고, 처음이라서 무거운

태세전환(態勢轉換). 요즘 유행하는 말 중에 유독 마음에 와닿는 단어다. 프로야구 선수 입장에서 태세전환이라는 말이 조금은 남다르게 다가오는 것은 아마도 은퇴하는 시점에서 이 단어를 만났기 때문일 것이다.

요구할 마음이 있었다면 구단과는 조정된 연봉으로 현역 생활을 연장할 수 있었을지도 모른다. 그러나 모든 상황은 말하고 있었다. 전성기는 지나갔고, 마음속에서부터 겸손하게 이 태세전환을 받아들여야 한다고 웅변하고 있었다. 아내와도 상의했고 신뢰하는 몇 분과도 이야기를 나누었다. 그리고 모든 상황은 한 가지 방향을 가리켰다.

그렇지만 막상 한순간에 인생의 변화가 닥쳐오면 마

음은 초조해지고 불안감에 시달리는 것 또한 어쩔 수 없다. 누구도 피해가기 어렵다. 마음이 가라앉지 않는다면야 최상이겠지만 삶이라는 것이 어디 늘 상승만 하던가? 올라가면 내려가는 순간이 있고 내려다가 보면 끝을 만나 반등이 시작되기도 하니까 말이다.

은퇴 즈음에 은퇴증후군(Retirement Syndrome)이라는 단어를 알게 되었다. 가까운 분과 커피 한잔 하다가 들은 이야기였다. 은퇴자가 자신이 은퇴했다는 사실을 잘 받아들이지 못해서 생기는 문제였다. 현역 때의 생활 패턴에서 의도적이든 의도적이지 않든 빠져나오지 못하는 심리 상태를 이르는 말이기도 했다. 그 이야기를 듣는 순간 조금은 서글픈 생각도 들었다. 충분히 이해되고 납득도 되었다. 내 입장이 비슷해서 그랬을까? 그렇다. 누구에게나 은퇴와 함께 상당한 변화가 몰려온다. 은퇴는 결코 쉽게 생각해서 될 일이 아니다. 주변의 도움도 어느 정도 필요하다.

며칠 지나지 않아 정식으로 코치직을 제안받았다. 사실 자신이 속한 구단에서 코치직을 제안받는 것 역시 특별한 혜택이다. 그런데 막상 내 일이 되고 보니 쉽게 대답하기가 어려웠다. 이 일이 얼마나 운이 좋고 선택받은 일인데 기쁜 일이 아니냐고 의아해할 수도 있겠다. 하지만 자기 일이 되고 보면 그렇게 쉽게만 말하기는 어렵다. 길게 고민하지 않았지만, 나에게도 검토해야 할 부분이 있었다.

밖에서 보기엔 코치가 된다는 것이 자연스러운 변신인 것처럼 보인다. 특히 소속 구단의 코치가 된다는 것은 참 영예로운 일이기도 하다. 하지만 코치는 현역 때 받던 연봉 수준을 고집할 수 없다. 당연하지 않겠는가. 이제 현역 선수에서 코치로 변신하여 내가 경험했던 많은 순간들을 후배들과 나누게 되는 새로운 역할이 주어지는 것이다. 나는 어렵지 않게 결심했다.

"코치 한번 해보겠나?"

기쁜 마음으로 곧장 대답할 수 있었다.

"네, 해보겠습니다. 감사합니다."

그렇게 지도자 생활을 받아들였다. 박정권 선수에서 박정권 코치가 되었다. 반가운 제안으로 생각하고 코치가 되고 나니 한 가지 분명한 변화가 찾아왔다. 코치직에서 오는 스트레스나 부담이 없다면 거짓일 것이다. 하지만 현역 선수 시절에 받았던 압박감과 스트레스와 비교하면 많은 변화를 체감했다. 그리고 한편으로는 정말 은퇴했다는 사실을 받아들이게 되었다. 많은 경우

UNICOOLA
LANDERS
L's
DYNAFIT

emart
DYNAFIT

은퇴와 신분 변화를 겪으면서 우울감에 빠진다는 이야기를 심심치 않게 접한다. 삶에서 반드시 찾아오고야 마는 장(章)의 변화가 드디어 온 것이다. '박정권, 아직 죽지 않았어!' 하면서 오기를 부린다면 점점 더 '꼰대'가 되어가지 않겠는가? '아하, 이제는 이것이 내게 맞는 옷이구나' 하고 겸허하게 자신을 돌아보는 순간부터 진짜 어른이 되고 자기 깜냥을 정확히 인식하는 개념 있는 사람이 된다.

삶의 변화를 받아들이자. 조금 더 구체적으로 말한다면, 변화를 적극 받아들이고 오히려 그 방향으로 일어나 걸어보자. 선수가 아닌 코치, 박 코치의 삶. 나는 만족하려 한다. 그리고 지금까지 썩 훌륭한 생활을 해나가고 있다.

다시 만져보는 끝내기 홈런 배트

지금 내 손에는 검정색 방망이가 들려 있다. '박정권' 하면 많은 분이 기억하시는 그 장면, 그 순간을 함께 한 방망이이다. 길이 33.5인치, 무게 870그램의 나무 방망이. 원목은 단풍나무. 최근에는 방망이 손잡이와 헤드 부분 색상이 다른 투톤 방망이를 많이 쓰지만 나는 검정색 원톤 방망이를 선호한다. 무게에 비해 타격감이 좋아 방망이 중심에 공이 맞으면 '정말 공에 힘이 실린다'라는 느낌이 어떤 것인지 여실히 느끼게 해준다.

원래 최고 기술을 가진 장인은 연장을 탓하지 않는다고 했던가? 나 역시 징크스나 특정 장비의 좋고 나쁨에 크게 개의치 않는 편이다. 하지만 특별한 순간을 함께 한 방망이나 야구용품은 곁에 두고 가끔 만져보는 습관

SK WYVERNS
Revolution
MAX
Professional

이 있다.

2군 타격 코치로 일하면서 후배 선수들이 좋은 타격감이나 폼을 찾기 위해 이것저것 장비도 바꿔보고 많은 시도를 하는 것을 옆에서 지켜본다. 통산 1군 선수들은 장비나 용품이 다소 허름해도 본인에게 좋은 기억이나 감각을 떠오르게 하면 잘 바꾸지 않는다.

우리는 모두 자기 일에 프로가 되어야 한다는 말을 듣는다. 그리고 프로가 된다는 것은 결과에 책임을 진다는 의미다. 최고의 순간을 위해 모든 것을 구비해야 프로가 된다. 모든 것은 연결되어 있기 때문이다. 만약 부부싸움이라도 한 날이면 타석에서 좋은 모습을 보여주기 어렵다. 평소 좋아하는 음식이라고 과식을 했다가 배라도 아픈 날이면 역시 좋은 타격을 선보이기 어렵다. 작은 요소 하나를 허투루 넘기지 않고 따박따박 챙겼을 때 돌아오는 것이 프로의 성적이다.

자기절제와는 다른 의미로 프로는 늘 프로다워야 함을 잊지 않아야 한다. 최근에 본 인상 깊은 광고가 있다. 인기 싱어송라이터 헤이즈가 등장하는 광고였다. 작사를 어떻게 하면 그렇게 잘할 수 있느냐는 질문에 그녀는 이렇게 말한다.

"그냥 앉아 있는 거예요. 그렇게 시간을 보내고 기다려요. 또 기다립니다. 그런 시간이 쌓여서 제가 되는 것이고 가사가 되는 것이니까요."

프로는 그 자리를 지킨다. 그 시간을 보내기 전의 나와는 다른, 무언가가 나아지고 변화가 이루어진 나 자신이 되라는 말이었다. 프로야구 선수 입장에서도 고개가 저절로 끄덕여지는 말이었다.

다시 한번 끝내기 홈런의 배트를 쓰다듬는다. 모든 것이 구비되었을 때 들어선 타석, 크고 작은 아쉬움은 있지만 가급적 자잘한 것들은 잊고 방망이를 휘둘러보았다. 그리고 목이 터져라 외치는 팬들의 응원가. 기운 센 천하장사 무쇠로 만든 박정권! 그 순간 공이 날아오고, 아래에서 위로 힘차게 방망이가 돌아간다. 방망이 한가운데 공이 적중하는, 익숙한 그러나 자주 느끼기는 힘든 '손맛'. 경쾌한 타격음과 함께 하늘로 힘차게 솟구쳐 오르는 하얀 공. 9회 말까지 8:8, 팽팽한 타격전으로 맞서던 경기였다. 플레이오프의 행방을 결정지을 수도 있는 순간이라는 생각이 본능적으로 들었다. 하늘을 찌를 듯 높아지는 함성. 다이아몬드를 힘차게 돌았다.

나도 실감이 나지 않았다. 점차 눈에 들어오는 홈

그라운드 위의 동료들. 이미 펄쩍펄쩍 뛰어다니고 물을 뿌리고 난리도 아니다. 3루를 돌면서 일부러 동료들 없는 쪽으로 헬멧을 벗어 던졌다. 그리고 도착한 홈베이스. 다들 제정신이 아니다. 나도 마찬가지다. 박정권 하면 많은 분이 떠올리시는 그 장면은 그렇게 완성되었고, 끝내기 홈런으로 팀은 기세가 오르기 시작했다.

누구나 삶에서 끝내기 홈런 같은 순간을 꿈꾼다. 멋진 승리의 순간을 기대한다. 그러나 그런 순간은 공짜로 주어지지 않는다. 감각은 결국 내가 만들어가는 것이다. 수천 번의 연습 스윙이 준비되었을 때 끝내기 홈런 스윙도 가능해진다. 그 순간을 위한 땀방울이 결국, 가을밤을 수놓는 순간이라는 보상으로 다가오는 것이다.

그래서 세상은 공평하다고 말한다. 전적으로 공감한다. 지금도 2군에서 고생하는 후배들에게 응원의 마음을 전한다. 더 부딪혀보자. 옆에서 도울 테니 조금 더 가보자. 한 발자국만 더 딛어보자. 대부분 성공이 도저히 답이 나오지 않는 상황에서 한 번만 더, 딱 한 번만 더! 하는 순간이 찾아온다. 자그마치 600번이 넘는 실패 끝에 탄생한 백신도 있다. 비법을 찾아 지름길로만

달린다면 좋은 결과는 기대할 수 없다. 하던 그대로, 페이스와 역량에 맞게 딱 한 걸음만 더 내딛어보자. 그 과정에서 우리에게 주어진 문제는 어느새 눈 녹듯 사라지고 전혀 새로운, 완전히 업그레이드된 내 모습만 남아 있을 것이다.

지금 그 끝내기 홈런의 방망이는 반창고를 덕지덕지 붙인 연습용 방망이가 되어 내가 지도하는 2군 선수들의 연습을 돕고 있다. 이것이 그때 그 방망이라고 이야기하면 선수들 눈이 동그랗게 커진다. 다시 한번 방망이를 만져본다. 그리고 묻는다. "이 귀한 것을 왜 연습용으로 내셨어요?" 그때마다 나는 별말 없이 빙그레 미소로 답을 대신한다. 무슨 말을 할 수 있겠는가? 그리고 마음속으로 나직이 말해본다. '그래. 그거야. 이 방망이로 연습하고 너도 나중에 멋진 홈런 꼭 날려야 해. 알았지?'

가을 남자가 은퇴하는 법

솔직히 나는 은퇴하고 싶지 않았다. 하지만 결단의 시기는 누구에게나 찾아온다. 잘 다니던 회사를 그만하고 창업에 도전할 때도, 마냥 행복한 학창시절을 잠시 중단하고 군 복무를 해야 할 때도 우리에게는 결단이 필요하다. 썩 내키지 않는 결단의 순간으로 내몰릴 때는 그냥 도망치고 싶은 마음이 들 때도 있다. 다 던져버리고 잠수를 타고 싶은 심정, 한 번쯤 경험해본 분이 많을 것이다.

내게도 2019년 시즌 중에 그런 은퇴의 순간이 찾아왔다. 2004년 SK에 입단한 후로 치면 16년의 프로생활, 1989년 야구공을 처음 잡은 초등학교 2학년 이후로 치면 정확히 30년이 흐른 후 맞이하는 은퇴다. 감회가 새로울 수밖에 없다. 그사이 대학 시절 선발 선수가 되어 미국 땅도 밟아보았고 상무에서 성적 상승도 경험했으며 SK왕조 4번 타자로 이름을 날리기도 했다. 하지만 시간은 흘렀다. 어느덧 40세가 넘었고 이제 은퇴는 현실이 되었다.

나보다 앞서 이름을 날리다가 은퇴한 선배들에게 굳이 찾아가 조언을 구하거나 하지는 않았다. 다들 처한 환경이 다르고 여건이 다른데 자칫 푸념이나 늘어놓을 것 같아 선배들을 찾아다니는 일은 진작 단념했다. 오히려 자신을 돌아보기 시작했고, 그런 다음 내가 선택한 방법은 '책 쓰기'였다.

내가 책을 내다니 신기했다. 책을 만드는 건 전문가 집단이 할 일이지만, 내 인생 이야기와 마음속을 헤집고 다니며 고갱이를 이끌어내는 일은 온전히 나의 몫이었다. 내가 책을 낸다는 사실에 얼마나 설레는 마음이 들었는지 모른다. 혹자는 그럴지도 모른다. "에게, 박정권이 은퇴할 때 하려던 게 겨우 책 쓰기였다고? 고작 책 쓰는 것으로 은퇴의 순간을 기념하겠다고?"

그렇다. 그게 내가 택한 나만의 방식이다. 원고를 정리하면서 참 많은 생각을 했다. 좋았던 시절, 어려웠던 시절을 돌아보았다. 오래전 사진들을 모처럼 꺼내기도 했다. 정말 추억이 방울방울이었다. 모든 순간마다 추억이 하나둘 연이어 이어졌다.

그래서 한 가지를 제안 드린다. 자신만의 경험을 글로 써보라는 것이다. 책으로 출판하는 것은 다음 단계의 일이다. 지금 당장 종이나 노트 한 권을 준비해 글을 써보길 강력히 권한다. 당연히 첫 단추부터 글이 잘 풀리지 않을 것이다. 하지만 글을 정리하다 보면 슬며시 미소가 지어지는 순간이 온다. 그리고 은퇴가 아니라 그 어떤 일이라도 마음 정리가 되는 것을 확인한다.

글 쓰는 것에 별 관심이 없다면 밀렸던 영화 보기를 추천한다. 소박하지만 확실한 행복과 함께, 이른바 소확행으로 누릴 수 있는 인생의 전환점을 짚어주는 안전한 대책이다. 나도 가끔 현역 시절을 편집해놓은 인터넷 동영상을 찾아본다. 그때의 추억도 소중하고, 잠깐이나마 그날의 환호성을 추억하며 깊은 행복에 잠긴다. 내 친구 중 하나는 첩보 스릴러 영화만 천 편 넘게 보았다. 자주 만나지는 못하지만, 그 친구는 늘 행복해 보인다. 회사 근무도 준수하게 해내고 아이들도 잘 돌보지만, 늦은 밤 한 편의 영화와 한 캔의 맥주로 소소하지만 확실한 행복을 근실하게 챙긴다. 얼마 전에도 내 은퇴를 주제로 대화를 나눈 적이 있었다. 그런데 은퇴한 프로 킬러가 등장하는 영화를 몇 편 예로 들어 설명해주는데 위로도 되고 도전도 되는 뜻밖의 경험을 했다. 이 친구는 영화를 예로 들어가며 상담이나 멘토 등의 코칭의 길로 나서도 좋겠다 싶을 정도로 영화에 대한 이해도가 깊었다. 부러운 마음이 들었다.

나도 좋은 취미를 하나 찾아보려 한다. 야구라는 확실한 장기가 있으니 어떤 형태로든 재능기부를 하는 것도 좋은 방법이다. 또는 아내와 함께할 수 있는 가벼운 운동, 예컨대 틈나는 대로 등산이나 맛집 여행을 다니며 젊은 시절 내조에 힘쓴 아내에게 보답하는 것도 좋은 취미가 될 것 같다. 아니면 한창 자신의 꿈을 위해 땀 흘리는 아이들을 후원하는 것도 좋은 취미가 될 수 있을 법하다.

가을 남자가 은퇴하는 법에 사실 정답은 없다. 내가 행복하고 주변이 나로 인해 좋은 영향만 받을 수 있다면 특별한 조건 따위는 없으니까. 글을 써보자. 영화를 즐겨보자. 산에 올라보자. 친구를 만나 맛집을 다녀보자. 우리 모두 당장 한 번이라도 시작해보자. 내 삶이 풍성해지는 경험을 하게 될 것이다.

인생의 전환점에서

Coaching Story

많은 이들은 지금도 은퇴의 기로에 선다. 내가 원하는 시점이냐 아니냐는 사실 중요하지 않다는 것을 내가 은퇴를 결심하는 과정에서 발견했다. '은퇴'라는 팩트 자체를 받아들이는 마음가짐이 가장 중요하다는 것을 알게 되었다.

내가 아는 모 대학교 법과대학 교수님은 50대 중반 나이에 존경받던 법대 교수 자리에서 은퇴하셨다. 뜻밖의 소식이어서 그다음이 궁금했는데, 신학대학교에 진학해서 목회자가 되셨다는 더 놀라운 소식을 들었다. 그리고 60세가 넘은 지금은 작은 섬에 들어가 몇 안 되는 섬 주민들과 함께 작은 교회의 목회자로 일하고 계신다. 사진으로 확인한 교수님, 아니 목사님의 얼굴은 검게 그을리고 흰머리가 늘었지만 짱짱하고 참 행복해 보이셨다. 참 뜻밖의 선택이고 뜻밖의 변신이었다.

강남에 있는 삼성병원과 한양대학교 병원 원장을 역임하는 등 유명한 의사이자 의과대학 교수로 일한 후 은퇴한 분들이 인생의 2막을 멋지게 열어 가신다는 기사를 본 적이 있다. 한 분은 휴전선 근처 작은 도시에서 공공보건의로 근무하기 시작했고, 한 분은 고향으로 내려가 작은 병원에서 원장으로 지역민들을 돕기 시작하셨다는 내용이었다.

참 멋있다는 생각이 들었다. 작은 섬의 목회자가 된 법과대학 교수님, 대형 종합병원 원장을 역임하신 명의들이 지방의 작은 도시로 내려가 남은 소임을 다한다는 이야기는 그 자체로 아름다울 뿐만 아니라 그분들의 삶이 얼마나 보람될까 생각하면 내 마음이 꽉 차는 느낌을 받는다.

감히 비교할 수는 없지만 나도 프로야구 선수로서 어느 정도 성공을 맛보았고 사회적으로 인정도 받고 팬들의 과분한 사랑을 받았던 사람으로서 책임감이 없지 않다. 그래서 2군 코치를 제안받았을 때 길게 고민하지 않을 수 있었다. 거창한 사회사업을 할 수 있지도 않고 그럴 능력도 없기에 엄두는 나지 않았지만, 어서 1군에 올라 실력을 보여주고 싶어 쉬지 않고 운동하는 후배들에게 작게나마 도움이 되고자 선뜻 코치 제안을 받아들였다.

현역과 예비역, 은퇴 전과 은퇴 후의 자기 모습에 대해

최소한의 예상과 준비는 해두자는 제안을 하고 싶었다. 뜻밖에도 많은 분이 은퇴 후 다음 스텝을 준비하지 않아 고생하고 있다는 소식을 여기저기서 많이 듣는다. 안타까운 일이 아닐 수 없다. 흔히 치킨집 개업으로 대변되는 다음 스텝은 전략적인 선택이 아니다. 그분들도 하고 싶어 하는 것이 아니라는 말씀도 하신다.

하지만 미리 은퇴를 준비한다면 조금은 다른, 보람 있는 인생 후반전을 시작할 수 있다. 미리미리 운동이라도 해두면 체력이 필요한 일을 만나더라도 자신 있게 부딪힐 수 있다. 나와 가깝게 연락하는 선배 한 분은 과거 정부에서 최고위직을 역임했던 분을 가까이 모시며 일한다. 그 어른은 연세가 상당히 많지만 매일 근육운동을 하고 몇 시간씩 자전거를 타면서 체력을 유지하신다고 한다. 기회가 다시 주어졌을 때 나이를 뛰어넘어 기여하고자 하는 마음이 있다는 뜻이었다. 이것도 참 멋있다는 생각이 들었다.

이뿐만이 아니다. 주변을 돌아보면 은퇴한 선수들의 모습이 좋은 모습만 보이는 것은 아니어서 안타까운 마음도 많이 든다. 한순간의 잘못된 판단으로 고생해서 모은 돈을 크게 손해 보거나 급속도로 건강이 나빠져 병원을 들락거린다는 소식을 들을 때면 정말 속상하고 눈물이 핑 돌기도 한다.

36 J.K.Park
SK telecom

지금부터라도 준비하자. 은퇴에 무슨 거창한 이론이나 대안이 있어서 차곡차곡 준비할 수 있는 것은 아니다. 화려하고 완벽한 준비보다는 은퇴 이후를 위한 몇 가지 작전들을 세워보겠다는 각오 정도면 된다. 동료였던 한 친구는 현역 선수 시절 남다른 근력과 근육량으로 소문난 친구였는데, 가까운 선배가 성공리에 운영하는 피트니스 센터에서 은퇴 전부터 파트타임 트레이너로 일하면서 선수 이후의 삶을 준비했다. 지금은 근육량과 유연성을 동시에 유지하는 이론까지 공부해 꽤 보람 있게 보낼 뿐 아니라 시간 활용 면에서도 자유로운 개인 트레이너의 삶을 살고 있다. 미리 준비하니까 그런 삶이 가능한 것 아니겠는가? 우리 모두 할 수 있다. 조금만 멀리 보자. 그리고 작은 것 하나부터 준비해보는 것이다.

박정권×김주윤의 스포츠 멘탈 코칭 6

Q

SSG 랜더스 선수단을 보면 야수조에는 조금 여리고, 다소 내성적인 선수들이 있는 것 같고, 투수조는 단단한 선수들이 많은데, 이것으로 불도저 같은 성격이 투수랑 잘 맞는 것 아닌가 생각되기도 합니다. 투수와 야수의 멘탈 코칭 사이에는 어떤 차이가 있을까요?

김

큰 차이를 두지는 않습니다. 현장에서는 관점에 따라 유리한 성격을 이야기하기도 합니다. 성격적인 측면에서 제가 중요하게 보는 것은 본인 스스로 자신의 성격이나 성향을 얼마나 정확하게 인지하고 있느냐와 지금의 자신에 만족하며 효율적으로 시간을 활용하고 있느냐를 집중적으로 생각합니다.

평소 자유로운 모습과 삶의 방식을 꿈꿔왔던 저이기에 계획을 세우고 일하는 것에 억지로 적응하려 하지 않았습니다. 제가 원하는 모습도 아니었거든요. 그 대신 내가 해야겠다고 생각하는 것, 내가 하고 싶은 방식대로 훈련하고 각오한 만큼 해내는 것이 무엇이든 가장 잘할 수 있는 모습이라 생각했습니다.

박

제 마음을 들여다보듯 말씀해주시네요. 그렇습니다. 김 코치님이 파악했듯 원래도 억지로 무엇을 하는 것은 꺼리는 성격이에요. 저는 늘 '계획적인 것은 전혀 창의적이지 않아'라고 생각합니다. 하지만 이것은 제가 생각하는 스타일일 뿐 자기 모습을 모두 표현하는 것은 아닙니다. 저는 계획적이지 않거나 체계가 없는 일에 굉장한 불편함을 느끼기도 합니다.

코치로서 이제는 일을 앞두었을 때 체계적이고 계획적인 단계를 세우는 것에 집중합니다. 그리고 창의적인 계획과 방법을 세우려고 노력하죠. 이것이 가장 만족스럽고 효율적으로 선수들을 이끄는 모습입니다. 우리 팀 선수 모두가 자신이 가진 강점 성향을 알게 하고 그것을 활용할 수 있도록 최선을 다해 돕는 것에만 오직 관심을 두고 있습니다.

Chapter 4

온 마음을 다해, 다시 야구

편견은 아웃, 열정은 세이프

나는 지금 2군 선수들의 타격 코치다. 코치는 말 그대로 길잡이가 되어주는 사람이라는 의미다. 하지만 그것이 전부가 아니다. 겉으로 드러나지 않지만, 코치의 모든 언행이 선수들에게는 크고 작은 영향을 끼친다. 심지어 코치의 눈빛 하나에 선수들은 격려를 받기도 하고 커다란 실망감에 휩싸이기도 한다.

흔히 코치, 그것도 프로야구단 타격 코치라 하면 늘 배트를 쥐고 2군 선수들의 1군 승격을 위해 타격 자세를 잡아주는 장면이 연상될 것이다. 자, 이렇게 해봐. 타격할 때는 이런 자세가 좋아. 타이밍은 이렇게 잡는 거야. 그렇지, 스윙할 때 타격 포인트를 조금 더 뒤에 두어야지….

하지만 실제는 그렇지 않다. 큰일 난다. 정말 큰일 난다. 이런 식으로 했다가는 후폭풍을 감당할 수 없을 것이다. 왜일까? 그것은 실제로 2군에 소속된 선수들과 며칠만 함께 뒹굴어보면 단박에 깨닫는다. 잠시만 그들 입장에서 서보면 긴 설명이 필요 없다. 그렇다면 타격 코치가 타격을 가르치지 않고 도대체 무슨 역할을 수행한단 말인가?

이 지점에서 역지사지, 코치인 내 입장과 선수들 입장을 정확히 바꿔 이해하려는 노력이 필요하다. 코치인 나조차도 그들 입장을 이해한다고 말하기 힘들 정도로 프로구단 2군에서 뛰는 선수들은 야구에 모든 걸 걸고 뛴다. 그들 앞날에 희망은 오직 1군 승격 하나뿐이다. 그런 의미에서 섣부른 훈수는 자칫 한 선수의 앞날을 완전히 망쳐버릴 수 있는 큰일 날 행동이다. 나의 한 마디가 선수 하나를 좋은 방향으로 이끈다면야 큰 문제가 아니다. 하지만 조금이라도 그 선수의 밸런스가 무너진다거나 장점을 갉아먹는 훈수가 된다면 한 사람의 인생과 꿈이 송두리째 흔들리는 결과를 가져올 수 있기 때문이다. 책임을 지고 싶어도 질 수 없다.

흔히 인생 선배들은 후배들에게 여러 조언을 건넨다.

그것 자체가 나쁜 것은 아니다. 필요한 조언이고 젊은 후배가 받아들일 준비만 되어 있다면 훌륭한 지침이 될 수 있다. 그런데 실제로 생활하다 보면 유익할 것이라고 생각해서 짧게 훈수를 두었는데 하루아침에 내가 후배들 사이에서 '꼰대'로 소문나 있을 때가 있다. 후배들을 이끌고 성과를 내야 하는 선배이자 책임자로서 참 당황스럽고 대체 무얼 어떻게 해야 할지 난감해진다.

코치는 모름지기 안내자 역할에 충실할 뿐 '선'을 넘어서는 안 되는 이유다. 선을 지킨다는 것에 어떤 객관적인 기준이 있는 것은 아니다. 그러나 '선'은 엄연히 존재한다. 공사 구분이나 일명 '워라밸'처럼 지켜야 할 선이 분명 있다.

프로야구 2군 선수들에게도 이 부분은 매우 중요하다. 섣부른 훈수가 아닌 코칭을 위해서 나는 우선 그들과의 편안한 관계에 집중한다. 그리고 타석 안에서의 컨디션을 위해 타석 밖에서의 생활과 환경에 더 집중한다. 평소 연습 과정과 경기 중에 선수들이 가급적 편안한 상태를 유지하게 해주려 노력한다. 조금은 막연하고 쉬운 일이 아니지만, 그것이 코치의 본분임을 본능적으로 이해했다.

한 걸음 떨어져서 봐준다고 표현한다면 어떨까? 절대로 멀리서 관찰과 평가만 하라는 게 아니다. 거리를 너무 좁혀 어깨너머로 쌍심지를 돋운다는 것도 아니다. 말하자면 이런 격려다. "네 뒤에는 내가 있어. 나서서 시시콜콜 훈계할 일은 없겠지만 네가 먼저 손을 내밀면 그 손을 잡아줄 선배가 여기 있어. 그러니 아무 때라도 콜사인을 보내. 그럼 내가 이야기 상대가 되어주고 고민을 믿고 털어놓을 수 있는 존재가 되어줄게."

타격 코치로서 내가 찾은 방법이 하나 있다. 나는 선수들에게 먼저 장난을 많이 거는 편이다. 부드러운 분위기를 위해 농담도 하고 먼저 다가가 간지럽히기도 한다. 귀찮은 듯 도망가기도 하고 멋쩍게 웃기도 하지만 그것만으로도 선수들의 긴장이 풀리는 모습을 확인한다. 코치 역할, 코치의 가치를 나는 그 지점에서 찾았다. 적절한 분위기 메이커. 편안하게 운동에 전념하게 도와주는 철저한 조력자의 역할에 충실하면서도 '선'을 정확하게 지키는 존재. 그것이 내가 발견한 코칭 요령이다.

멘탈 코칭 역시 같은 지점을 지향한다. 한마디로 마음을 편하게 해주는 것이다. 여러 이론이 존재하고 다양한 코칭과 평가 방법이 있고 산술적으로 접근하는 법도 있지만 어디까지나 코칭은 코칭을 제공하는 이와 코칭을 받는 현역들 사이에 오가는 인간관계에 기반을 둔다. 그 위에서 대화도, 코칭도, 어떤 개선 방안에 관해서도 상의가 이루어지고 시도와 평가도 가능해진다.

사랑하는 2군 선수들에게 이 지면을 빌어 다소 쑥스럽지만, 한마디 부탁하고 싶다. "힘내. 내가 늘 너희 뒤에 있어. 1군 승격 그리고 나아가 스타 선수로 발돋움할 수 있도록 조금이나마 도움이 되고 싶은 선배가 뒤에 있으니 아무 때나 손을 내밀어도 좋아. 같이 가자. 그리고 같이 승리하고 같이 성장하자. 너희의 절박함에 조금이나마 위안이 되어줄 테니."

해볼 만한 가치 있는 모험

마지못해 하는 일은 얼마 가지 않아 한계에 부딪힌다. 그리고 성적도 잘 해야 중위권 정도 유지하다가 그마저도 곧 흔들린다. 쉽지 않다. 그런데 힘들고 고통스러운 순간을 기다리고 버티고 또 기다리다 보면 조금씩 변화가 시작된다. 겉으로는 드러나지 않는다. 하지만 자신이 가진 기량의 숨은 '한 뼘'이 드러나기 시작한다. 대나무는 죽순으로 삐죽이 나와서도 나무로 곧 자라지 않는다. 그저 땅속에 깊이 뿌리를 내리고 숨을 죽이고 있을 뿐이다. 폭발적인 성장을 하기 위해 에너지를 농축하며 기다리고 있는 것이다. 하염없이 기다리다 보면 그 순간이 찾아온다. 자그마치 하루에 30센티미터씩 자라기 시작한다. 돌아보면 어제의 그 대나무가 아니다.

이윽고 대나무는 무성한 숲을 이룬다. 이것이 기다림의 파워이고, 이것이 인내의 열매다.

마찬가지로 매미는 여름 한철을 울고 짝짓기를 하려고 평균 7년을 땅속에서 유충 상태로 지내며 힘을 기른다. 남자 엄지손가락만 한 크기에 불과한 매미가 그토록 높은 데시벨로 여름 내내 울 수 있는 데는 다 이유가 있다. 엄청난 음량과 힘은 유충이었을 때 에너지가 농축된 덕분에 가능하다. 매미는 하염없이 기다린다. 그리고 그날이 되었을 때 높은 나무 위에 달려 남다른 소리로 강력하게 울기 시작한다. 온 힘을 다해 매미울음을 내면서 아름다운 짝을 만나 짝짓기를 하고 다음 세대의 매미들을 낳기 위해 노력한다. 이윽고 짝짓기를 마치고 한여름이 지나면 매미는 힘없이 다음 세대에게 다음 해의 여름을 넘겨주고 나무 아래 어디쯤에서 장렬히 산화한다.

대나무와 매미의 삶을 보며 내 인생을 돌아보았다. 나는 대나무처럼 기다리고 또 기다렸던가? 매미처럼 온 힘을 다해 소임을 완수했는가? 그리고 미련 없이 산화하고 있는가? 아쉬움은 없는가?

하루는 운동장 구석에서 홀로 배트를 휘두르는 2군

선수를 목격했다. 다들 퇴근하러 나갔거나 씻으러 간 시간이었다. 평소 잘 따르기도 했지만, 꾸준한 성적을 내는 선수였다. 나는 운동장 한쪽에서 구슬땀을 흘리는 그에게 다가갔다. 그러다가 멈칫했다. 한 30미터 전방에서 나도 모르게 발걸음을 멈추었다. 아, 지금 저 선수는 혼자 있어야 하는 시간이구나. 홀로 연습을 해야 하는 순간이구나! 본능적으로 감이 왔다. 기다려 주어야 하는 순간, 홀로 고민하며 뭔가를 찾는 순간. 그래서 혹시 내 모습을 발견할까 봐 자연스럽게 등을 돌려 라커룸으로 돌아왔다. 아마 그 선수는 그날 늦게까지 뭔가를 발견하기 위해 더욱 땀을 흘렸으리라.

코치로서 인생의 새 출발을 하는 후배 선수들에게 당부하고 싶다.

기다려봐. 더 기다려봐. 넋 놓고 앉아 기다리는 게 아니라 이마에 흐르는 진한 땀을 쓱 닦아가며 한 발자국만 더 내디뎌봐. 아무도 알아주지 않아도 좋아. 이름이 나지 않았어도 좋아. 현실과 타협하라는 말이 아니야. 네가 흘리는 땀방울이 진짜인지 아닌지 스스로가 잘 알 거야. 만약 자신이 자신을 속이고 기만한다면 네게 미래는 없어.

미안한 말이고 잔인하게 들리겠지만 어쩔 수 없어. 이것은 진실이야. 네가 자신을 속이면 너를 인정받을 수 있는 모든 관문이 네 앞에서 굳건하게 문을 닫아거는 것을 목격하게 될 거야. 그러나 네가 진심으로 흘린 땀방울을 스스로 당당하게 인정할 수 있게 된다면 기적은 그 지점에서 시작되는 거야. 대나무가 그랬고 매미가 그랬듯 우리도 할 수 있지 않겠어? 그리고 미련 없이 떠나는 거야. 시원한 대나무 숲을 이루는 데 기여했고, 여름을 다음 세대에게 성공적으로 넘겨주었다면 툭툭 털고 일어나 내 갈 길을 새롭게 가는 거야.

우리 인생은 그렇게 살았을 때 진정한 의미를 획득하도록 시간과 공간 안에서 구상되고 만들어진 거야. 잊지 마. 기다리고 더 기다려. 정말 진정한 땀을 흘리면서 기다려. 반드시 때가 와. 그때가 왔을 때 네가 흘린 땀방울은 성적으로 돌아올 것이고 모두의 사랑과 인정으로 돌아올 것이고 실질적인 연봉과 같은 성과로 돌아올 거야. 내 말을 믿어도 좋아.

자신이 자신을 인정할 수 있을 정도로 치고 던지고 달리면서 기다려. 기다리며 노력을 쌓는 자는 그 누구도 막을 수 없어. 세상은 공평하니까. 네가 달려간 만큼, 네가 힘을 낸 만큼 그 어딘가 쌓여 있던 노력과 평

SK

가가 상황이 맞아떨어질 때 갑자기 빛나게 되는 거야. 세상에 공짜는 없어.

기다려봐. 더 기다려봐. 추던 춤 계속 추면서, 하던 일 계속하면서 더 연구해봐. 그러면 조금씩 네 장점이 보이고 네 리듬이 돌아오는 것을 느끼게 될 거야. 그때 우리 서로 바라보면서 말없이 씨익 한 번 웃어보자.

촌놈의 미국 상륙기

내 인생에 작용한 '운'에 대해 한 번쯤 이야기하고 싶었다. 지금 생각해도 나는 참 '운'이 좋았다. 지금도 그 운은 좋은 방향으로 내 인생에 작용하고 있다. 늘 신기하고 감사한 마음이다.

고등학교 때 선수 생활을 했던 학교는 늘 좋은 성적을 내는 학교는 아니었다. 열심히는 했지만, 전국대회 우승 단위에서 성적을 내진 못할 때였다. 우연찮게 한 대화 감독님의 눈에 들게 되었다. 대학에 진학하자마자 멋모르고 뛰었는데 조금씩 성적이 나왔다. 그때 마침 '한미대학선수권대회'가 개최되었다. 그때 서울에 갔을 때도 모든 것이 새롭던 촌놈이었는데 하물며 미국을 갔으니 그 놀람과 동경은 지금 생각해도 참 아찔하고 행복한 기억으로 남아 있다.

당시와 비교해보면 대한민국의 모든 게 급속도로 발전한 게 분명하다. 당시 방문한 경기장이 김병현 선수가 뛰던 애리조나 다이아몬드백스 구장이었다. 그곳에서 엘리베이터를 처음 탔을 때의 놀라움은 지금도 잊히지 않는다. 야구장에 엘리베이터가 설치되어 있다니!

미국에 있는 대학팀과 여러 차례 경기할 때 사실 나는 주전이라고 할 수 없었다. 별 같은 선배들이 즐비했던 라인업으로 미국을 방문했으니 내가 낄 자리는 그리 많지 않았다. 하지만 훗날 선수 생활을 이어나갈 때 그때 경험은 매우 좋은 자산이 되어주었다. 큰물을 한번 맛보았다고나 할까? 재미도 있고 의미도 있는 시간이었다. 미국 대학선수들의 플레이는 상대방을 압도하는 힘이 있었다. '이야, 야구를 이렇게 하는 사람들도 있구나' 싶을 정도로 체력, 순발력 같은 기본기는 물론 그것을 뒷받침해주는 시설, 분업화된 프런트, 화려한 경기장 운영까지 무엇 하나 놀랍지 않은 것이 없었다.

그런데 대학을 다니면서 야구에만 집중하기는 어려웠다. 동국대학교에서 캠퍼스의 낭만을 맛본 것 때문일까. 야구만 하기보단 책도 읽고 친구들도 만나고 함께 운동하던 형들과 바람도 쐬러 다녔다. 대학생이 된 기분을 만끽했다. 그러나 좋은 시절은 길지 않았다. 원래 행복한 시간은 빠르게 흘러가지 않던가. 대학 소속 선수는 따로 연봉이라는 게 없다. 학비를 면제하거나 기숙사를 쓰게 해주는 정도만 해도 감지덕지이고, 야구선수라고 해서 실업선수처럼 급여를 받는 것은 아니었다. 소속이 체육교육과이고 운동을 전공하는 것일 뿐 다른 학생과 신분이 다른 것은 아니었다.

하지만 이것도 참 내게 '운' 좋은 기억으로 남아 있다. 몇몇 교수님은 운동부에 속한 선수들에게 핀잔을 준 적도 있었다. 다른 학생은 등록금을 내고 열심히 공부하는데 자네들은 운동한다고 학비도 면제받고 대학 졸업장도 받으니까 더 열심히 해야 하는 것 아니냐는 말씀이었다. 지금 생각해봐도 맞는 말씀이다. 그래서 수업도 열심히 참석하고 공부에 제법 집중해서 시험도 열심히 치렀다. 참 귀한 경험이고 소중한 기억이다. 미국에 가서 보고 들었던 시스템이 지금도 종종 떠오른다.

우리 모두 걱정은 붙들어매자. 우리에게 모두 좋은 시절이 찾아올 것이다. 인생의 새로운 출발에서도 승리를 거둘 것이다. 또다시 열릴 내일은 내 일을 하며 열어가면 된다.

프로야구 선수로 평생을 살았지만 나는 사람을 정말 좋아한다. 좋은 선배들도 잘 따르고 후배들도 비교적 나를 잘 따른다. 사람은 절대 혼자 살 수 없다. 그래서 나는 유소년 야구에도 관심이 많고 고교 및 대학야구에도 관심이 많다. 야구의 시설 기반이나 운영 시스템에도 관심이 많다. 이런 인프라가 발전하고 잘 갖추어진 환경에서 좋은 선수들이 배출되고, 스타 플레이어가 되어 국내외에서 놀라운 성적을 내준다면 그것이 얼마나 기쁜 일이 될까? 우리가 이미 많이 경험했던 선순환이 더욱 강해지고 구체화되지 않을까?

그렇다. 어렵고 힘들어도 한 번 더 방망이를 휘둘러 보고 공을 던져보자. 걱정하지 말자. 희망의 끈을 놓지 말자.

은밀하게, 위대하게!

Coaching Story

가까운 지인 중에 코칭을 공부하여 프로 코치의 삶을 사는 분이 있다. 여러 가지가 궁금해서 물어보면 의외로 단순한 답변이 돌아온다. 잘 생각해서 좋은 질문을 던져 주면 의외로 대부분 코칭에서 코칭을 받는 사람이나 조직이 가장 훌륭한 답변을 내놓는다는 것이다. 이 말은 생각하지 못했던 좋은 힌트를 내게 주었다.

2군 타격 코치로서 앞으로 어떻게 코치직을 수행해야 할까 고민이 사라지지 않고 있었다. 하지만 원고 집필 과정에서, 또 코칭 전문가들에게 자문을 구하면서 거꾸로 나 자신이 고민하던 주제를 해결하는 예상치 못했던 성과가 있었다. 우리가 정답을 이미 알고 있다는 것이었다. 다만 정확한 질문, 정곡을 찌르는 지적 그리고 지적을 받아들일 '마음의 준비'가 우리 모두에게 부족할 뿐이라는 깨

SK
SK

SK

달음이었다.

코칭의 시작은 '질문'으로 시작한다.

> 자, 지금 당면한 과제를 우선순위별로 정리해볼까요? 네, 그렇군요. 그럼 지금 가장 시급하게 처리해야 할 업무는 어떤 것이 있나요? 그렇습니까? 업무 중에 시급한 것이 네 가지 있군요. 그중에서 정말 급한 것 두 가지만 꼽아보면 어떤 업무입니까? 그리고 그중에서도 당장 착수해야 할 업무는요? 맞습니다. 그것입니다. 그것, 은밀하게 당신의 업무를 괴롭히고 앞으로 나아가지 못하게 한 문제가 그것이었습니다. …
> 다시 한번 질문하겠습니다. 그것을 혼자 해결해야 합니까? 당신 혼자 짊어지면 해결이 되는 문제인가요? 그렇군요. 대부분 당신이 감당해야 하는군요. 하지만 이 부분 중 어떤 것을 나눈다고 하면 다른 부서나 동료, 선후배와 협력이 가능할까요? 다른 직원에게 미리 나누어 맡길 수 없었을까요? 애당초 부서에서 일이 정해질 때 조금 더 적극 지원 인력을 요청할 수는 없었을까요?
> 애프터서비스 등의 문제로 고민할 때, 당신은 그 책임을 혼자 떠안는 스타일인가요, 미리 공유하고 함께 팀플레이로 해결하는 스타일인가요? 골치 아픈 상황이나 까다로운 고객을 상대하기 위해 동료나 선후배들에

게 미리 도움을 요청하고 있는지요? 아니면 혼자만 고민을 하는 스타일인가요?

위 대화는 내가 코치가 되었을 때 교육을 받으면서 실제로 전문 코치와 나누었던 대화를 재구성한 것이다. 그만큼 코칭은 드러나지 않는 것, 때로 잘 드러내지 못하는 것, 심지어 일부러 숨기는 것까지 드러나게 하여 혼자 힘으로 해결에 집중하게 하거나 팀플레이로 문제해결을 추진하게 만드는 힘이 있음을 여실히 배웠다. 우리는 이렇게 은밀하지만 별 도움이 되지 않는 고민을 홀로 떠안고 끙끙 앓는다.

여러 이유로 사람들은 그리고 그들이 속한 조직은 자기 문제점을 객관적으로 바라보기 어렵다. 답은 이미 그들 안에 있음에도 현상을 직시할 용기를 낼 수 없다. 그래서 많은 코칭이나 컨설팅에서 문제점을 분석하고 현재 가장 큰 문제가 이것 때문이라고 진단만 내렸는데도 대부분 문제가 한순간에 풀린다고 한다. 야구선수들 역시 무언가 꼬이고 성적이 나오지 않을 때 분위기만 살짝 바꿔주어도 타격감을 바로 찾는 것을 보면 정말 코칭을 통해 무언가를 얻을 수 있구나 감탄한다.

은밀하게 질문하자. 그리고 감추고 싶은 것을 솔직하게 터놓자. 부끄럽거나 부족한 것을 내놓으라는 의미가 아니다. 나 자신에게만, 아주 가까운 사람 한 사람에게만 솔직해도 충분하다. 그 지점에서 회복과 성적 향상, 전체적인 삶의 질 향상이 시작된다. 기업이, 정부가 거액의 돈을 들여 외부 컨설팅 업체에 문제 진단과 해법을 의뢰하는 것도 다 같은 맥락이다. 솔직하게 드러내고 토의해보면 답은 우리 안에 다 있다.

이제 실행하자. 은밀한 것들이 드러났다면 이제 위대해지자. 위대하게 성장하고 위대한 결과를 향해 뛰자. 우리 모두에게 시간은 여전히 남아 있고 크든 작든 우리는 삶을 충실하게 살아왔다. 중요한 건 어쩌지 못하는 지나간 시간이 아니다. 우리 앞에 놓인 오늘, 일주일 그리고 몇 년의 시간이 더 중요하다. 은밀하게 그러나 위대하게 되는 발걸음이 그렇게 시작된다. 하나둘씩 그렇게 준비할 때 은밀하게 이루어진 준비들이 곧 우리를 위대하게 만들어줄 것이다.

조금만 더 솔직해지면 된다. 아닌 척하지 말고 조금 어려운 이야기라도 마음속 이야기를 꺼내자. 그렇게 함께 이야기하고 고민하며 개선방안을 생각하다 보면 갑자기 실력과 상황이 나아진다. 지금 내가 지도하는 2군 선수들이 꿈꾸는 그런 미래 말이다. 그들 중에서도 해외로 진출해 메이저리그에서 뛰는 대형 스타선수들이 있을 테니 말이다.

박정권×김주윤의 스포츠 멘탈 코칭 7

Q

투수들은 간혹 입스를 겪기도 하는데요, 입스를 극복하는 트레이닝 법이 있을까요?

'입스'(Yips)는 곧 '트라우마'라고도 할 수 있습니다. 야구 선수가 겪는 입스는 보통 송구에 대한 것인데, 이는 투수뿐 아니라 야수에게서도 종종 나타납니다. 코칭 측면에서 본다면 입스 또한 다양한 접근이 가능합니다. 앞서 말씀드린 것 외에 NLP 접근이나 EFT와 같은 심리기법이 사용될 수도 있습니다.

이 또한 선수의 자기 인식을 첫 번째로 합니다. 예를 들어, 여러 환경 조건이 뒷받침되어야 하지만 실제 송구를 하며 코칭을 진행하기도 합니다. 공을 던지며 선수 스스로가 어떤 자기대화와 감정으로 퍼포먼스가 일어나는지 질문을 통해 인식하도록 합니다.

입스라는 상황에 놓인 선수가 만약 자신을 명확히 바라볼 수 있다면 어떻게 접근하여 어떤 시도를 해볼 수 있

겠다는 가설이 나타납니다. 그것을 실행하여 결과를 얻고 다시 가설을 세웁니다. 이 과정을 반복하는 것을 가리켜 저희 코치들은 '성장 사이클'이라고 부릅니다. 중요한 것은 스스로 시도해보고 싶은 방법을 찾아내는 것입니다.

Q

야구는 인생이다, 드라마 같다는 말이 있습니다. 가끔 이걸 대본으로 쓰면 감동 스토리를 짜고 치는 것 아니냐는 말이 나올 정도로 기막힌 상황들이 나오고는 합니다. 선수들이 어려움을 극복해내는 모습을 보고 팬들도 용기를 얻는데요, 코치로서 팬들이 야구에 매력을 느끼는 이유가 무엇이라고 생각하나요?

정말 많은 이유가 있겠지만 심리/멘탈적인 측면에서 말씀드린다면 개인적으로 플레이 하나하나에 대한 눈에 보이는 결과가 즉시 확인된다는 것이 야구를 즐기는 이유 중 하나이지 않을까 생각합니다.

경기 중, 플레이에 따른 결과가 다양하다는 것은 그만

큼 일어날 경우의 수가 많다는 것이며, 이는 곧 많은 변수를 얼마나 예측하고 컨트롤하느냐에 승부가 달려 있다는 의미입니다. 스포츠만큼 다양한 변수를 즐길 수 있는 분야가 또 있을까 싶습니다.

그만큼 선수들 멘탈과 심리적인 영향이 클 수밖에 없다는 생각도 듭니다. '야구는 9회 말 2아웃부터'라는 말, 선수들에게는 이보다 더한 심리적 압박이 따로 없습니다. 그 덕분일까요? 우리는 오늘도 9회 말 2아웃에서 '기적'을 기다리며 손에 땀을 쥐고 경기를 즐길 수 있는 것이지요.

한국 프로야구가 걸어온 길

프로야구 선수로 살아오면서 마음속 깊은 곳에는 한국 프로야구에 대한 자부심이 한가득 자리 잡고 있다. 어릴 적 처음 야구를 시작했을 때 자그마한 텔레비전으로 보던 프로선수들의 플레이는 가슴에 불을 지르고도 남을 만큼 벅찬 감동을 안겨주었다.

1982년에 첫 경기를 시작한 한국 프로야구는 어느덧 40년의 역사를 자랑하는 강력한 리그로 성장했다. 처음 여섯 팀(MBC청룡, 롯데자이언트, 삼성라이온즈, OB베어스, 해태타이거즈, 삼미슈퍼스타즈)으로 출범했던 프로야구는 1982년 한 팀당 80경기를 치르면서 총 249경기에 157만여 명의 관중을 끌어들였다. 이후 여러 구단이 소속 기업과 이름을 바꾸어가며 꾸준히 성장하여 지금은 10개

구단 체제가 되었다. 2017년 840만 관중을 동원하며 최대 관중 수를 기록했다. 팀당 경기 수는 2015년부터 144경기, 총 720경기의 정규 시즌을 진행하고 있다. 입장료 수입을 연도별로 비교하기는 어렵지만 SK와이번스가 세 번째 우승을 차지했던 2010년을 예로 들면 623여만 명이 경기장을 찾았고 약 470억 원의 입장료 수입을 기록했다. 이즈음부터 프로야구는 한국에서 독보적으로 높은 매출과 관중 규모를 자랑하는 리그가 되었다.

야구선수로서 프로야구의 발전 방향에 관한 이야기를 종종 듣는다. 여전히 모기업 후원이 필요한 상황이며 나날이 높아지는 선수들 몸값에 대한 이야기도 들어서 잘 알고 있다. 이런 부분도 성장 과정에서 통과해야 하는 일종의 성장통이라고 생각한다. 실제로 현장에서 느끼는 젊은 선수들의 열정과 순수한 팬 여러분의 함성이 있는 한 한국 프로야구의 미래는 이전보다 더 밝다고 믿는다.

한국 프로야구는 국제경기에서도 실력을 입증했고 인기를 누려왔다. 대표적으로 2008 베이징올림픽에서는 모든 경기를 우승했다. 9번 싸워 9번 승리를 거두며 금메달을 목에 건 2008년 여름의 환호성을 지금도 선명하게 기억한다.

일본과 맞붙었던 준결승전 8회, 부진에 시달리던 이승엽 선배가 날린 역전홈런의 짜릿했던 기억, 인터뷰를 중에 눈물을 보이고 말았던 선배를 화면으로나마 지켜보며 함께 안타까워했던 기억이 여전히 생생하다. 그리고 쿠바와 붙었던 결승전. 살얼음판 승부를 펼치던 9회 마지막 위기에서 아슬아슬한 병살 플레이로 마침내 금메달을 따낸 국가대표 야구팀과 함께 소리를 지르며 기뻐했던 모습이 지금도 눈에 선하다.

또한 2009년에 개최되었던 월드베이스볼클래식 역시 우리의 눈과 귀를 붙잡았다. 김인식 감독님이 이끄셨던 2009년 대표팀은 매 경기 명승부를 보여주었고 일본과의 연이은 승부 끝에 준우승이라는 준수한 성적을 기록했다. 당시 경기가 열리는 날이면 골목마다 삼삼오오 야구팬들이 일손을 놓고 중계에 집중하며 응원했던 때를 잊지 못하는 분이 많다.

수많은 팬과 울고 웃으며 달려온 프로야구는 훌륭한 선수들과 함께 국민스포츠로 자리매김했다. 전설의 4할 타자 백인천 선수, 자그마치 22연승의 강철 어깨 박철순 선수, 잊을 수 없는 최고의 투수 최동원 선수, 최고의 우완정통파 선동열 선수, 국내에서 뛰지는 않았지만 IMF 시절 멋진 투구와 승리 소식으로 국민에게 힘을 주었던 박찬호 선수, 아시아 최다홈런 기록을 세운 후 일본에 진출하여 최고의 타자로 대접받았던 이승엽 선수, 지금도 메이저리그에서 승리의 소식을 연이어 전해주는 류현진 선수까지, 일일이 세기 힘든 최고의 선수들이 한국 프로야구 역사를 멋지게 수놓았다.

프로야구는 비록 2020년 코로나19 사태로 인한 어려움을 겪었지만 단일 스포츠 리그로 막강한 영향력과 인기를 누리고 있다. 2020 도쿄올림픽 4위의 성적으로 다소 아쉬움을 남기긴 했지만, 여기서 멈춰서는 곤란하다. 한국 프로야구 특유의 몸 사리지 않는 플레이와 재미있는 경기로 프로야구의 인기는 곧 회복될 것이다. 특히 코로나19를 극복하는 과정과 맞물려 다시 국민 스포츠다운 위상을 회복하리라 믿어 의심치 않는다.

야구인이기에 가능한 이야기 1: 유소년 야구와 한국 프로야구

자신이 몸담았던 회사나 분야가 성장하고 발전하기를 바라는 마음은 누구에게나 비슷하다. 은퇴를 맞이하면서 누구보다 야구 자체를 깊이 생각했다. 야구를 워낙 좋아했고 나름 인기도 얻었지만, 야구 발전을 위해 그 이상의 무엇인가를 기여하고 싶은 마음도 오래전부터 있었다.

야구선수로 살아오면서 여러 가지를 보고 느끼면서 프로야구, 나아가 다양한 종목의 프로 스포츠가 가진 선기능을 나부터 인정했다. 취미생활로 한 팀을 응원하고 경기를 관전하고 승리의 기쁨과 패배의 아쉬움을 나누면서 일상이 풍요로워지는 경험을 하기에 프로 스포츠만큼 강렬한 분야는 없다.

지금도 길을 갈 때나 상점에 들를 때면 날 알아봐주는 팬들이 적지 않다. 마스크를 계속 끼면서 조금 줄긴 했어도 반갑게 인사를 건네거나 쑥스럽게 말을 걸어오는 분들이 여전한 소소한 기쁨이다.

한국 프로야구의 발전을 마음 깊이 응원한다. 현장에서 치고 달리며 현역 선수로 살 때는 이런 거시적인 부분까진 미처 생각하지 못했다. 눈앞의 성적과 지금 내 컨디션에 집중해야 했기 때문이다. 하지만 2군 타격 코치로 일하면서 후배들을 대할 때면 이들이 1군에 오르고 스타 플레이어가 되어 있을 때 우리 프로야구가 얼마나 더 발전할지 기대도 되고 풀어야 할 숙제도 생각난다.

프로야구가 활성화된 미국이나 일본처럼 우리도 비슷한 상황에 놓여 있다. 미국은 프로야구 팬들의 연령이 점차 올라가는 데 비해 젊은 팬의 유입이 쉽지 않아 고민이라는 소식을 접했다. 단순한 홍보나 재미 정도로는 신세대를 팬으로 끌어들이는 일이 생각보다 쉽지 않은 것이다. 일본도 프로야구의 인기는 여전하지만, 성장세가 정체되어 있다. 리그 규모가 크고 시장 규모도 우리와 비교하기 민망할 정도로 크지만, 전체적인 성장이 둔화하고 때론 뒷걸음질까지 치고 있어서 일본의 야구인들도 고민이 많다는 이야기였다.

이러한 미국과 일본의 고민이 우리 프로야구의 미래에 의미 있는 시금석이 된다. 최근 우리 야구 산업에도 몇 가지 눈에 띄는 발전이 있기 때문이다. 그중 하나가 달라진 유소년 야구팀들의 운동 문화이다. 과거 야구를 사랑하고 좋아하는 아이들은 운동 외의 것을 병행하기 쉽지 않았다. 나 역시 돌아보면 오로지 운동했던 시간 외에 학창 시절의 추억이 사실상 많지 않다. 보람도 있고 충분히 의미 있었지만 아쉬움도 크다.

그런 면에서 최근 주말 리그가 활성화되는 리틀야구 문화는 상당히 고무적이다. 12세 이하 리틀야구 리그에는 전국적으로 현재 130개가 넘는 팀이 활동 중이다. 이들은 주중에는 친구들과 어울리고 공부도 마음껏 한 후에 주말이면 운동복을 입고 야구장에 나간다. 평소에도 오후 훈련이 있겠지만, 우선은 학생 시절 공부와 친구들과 시간 보내기 등 그때가 아니면 누릴 수 없는 것을 균형 있게 소화하도록 하는 것이다. 이러한 리틀야구 문화가 더욱 발전해서 다양한 선수들이 야구의 맛을 알게 되고, 그 과정에서 남다른 재능을 발견하여 선수로 육성되는 시스템이 더욱 견고해지길 바란다.

물론 미국이나 일본처럼 시설이 잘 갖춰진 상태도 아니고 개선될 부분도 많다. 하지만 아이들이 공부하면서 마음껏 운동도 할 수 있는 환경으로 변화되어 가는 방향이어서 바람직하다. 현재 코치로서 우리 팀 선수들을 보면서 유소년기에 야구를 하며 쌓은 다양한 경험이 얼마나 중요한지를 새삼 확인한다. 혹 성적이 부침을 겪거나 부상을 입더라도 균형감 있는 학창 시절을 보낸 선수는 확연하게 회복 속도가 빠르고 건강한 멘탈로 어려움도 잘 이겨낸다.

유소년 야구의 발전에 앞으로도 많은 관심을 두고 지켜볼 예정이다. 기왕이면 좋은 환경에서 친구들과 함께 울고 웃고 이런저런 경험도 쌓으면서 운동한다면 훨씬 저력 있는 선수로 성장할 수 있다. 이런 기초 위에서 많은 어린이가 야구선수를 꿈꾸며 땀을 흘리다 보면 세계적인 선수로 성장할 수 있을 것이다. 학교마다, 훈련 현장마다 건강한 야구 동심들의 힘찬 목소리가 변함없이 들려오길 진심으로 기원한다.

야구인이기에 가능한 이야기 2: 스포츠산업과 프로야구

모든 분야에서 활동이 위축되고 너나 할 것 없이 어려운 시대다. 프로 스포츠 역시 상당한 어려움을 겪고 있다. 예를 들어, 2020년 시즌에는 방역 조치 준수로 KBO 리그 자체가 올스톱되어 아예 관중 수 집계가 무의미할 정도다.

한국 프로야구는 2015년부터 매해 관중 수 신기록을 이어가면서 하나의 산업으로서 상당한 규모로 성장했다. 2017년 한국 프로야구는 800만 관중을 동원했고, 매출액을 기준으로 보면 5,200억 원의 적지 않은 규모로 성장했다. 관중 수만 따지면 미국의 메이저리그와 비교하더라도 뒤지지 않는 수준이었다. 2017년 시즌 메이저리그에는 7,000만이 넘는 관중이 들어왔는데, 3억 명이

나이
W
SK telecom
MAX

조금 넘는 미국 인구와 대중성을 생각했을 때 800만 관중은 우리의 야구 열기가 얼마나 뜨거운 것인지를 단적으로 드러냈다.

하지만 10개 구단의 운영 성적표를 놓고 보면 2개 구단을 제외한 8개 구단이 적자운영 중이었다. 한화로 10조 원이 넘는 미국의 메이저리그 매출액은 한국의 5,200억 원의 20배 정도다. 인구대비 팬들의 열정과 동원력에 비해 한국 프로야구의 매출규모는 메이저리그보다 현저히 작은 것이 현실이다.

물론 돈이 모든 것을 말해주는 것은 아니다. 선수들의 열정, 뜨거운 팬심 덕분에 우리는 충분히 행복하다. 특히 현역으로 한창 뛰던 2010년을 전후로 한국 팬들의 구조가 달라지기 시작했음을 현장에서 느꼈다. 어느 순간부터 젊은 여성들이 대거 경기장을 찾기 시작한 것이다. 정확한 시점을 말하긴 어렵지만, 형형색색의 응원도구를 동원하고 마음껏 소리 지르며 자신이 좋아하는 팀과 선수를 응원하는 여성 팬들의 모습을 통해 프로야구는 확실한 국민스포츠로 자리매김할 수 있었다.

이제 조금 더 큰 틀에서 우리의 미래를 고민할 시점이 된 것 같다. 프로 스포츠라는 생태계가 건강하게 유지되려면 누군가는 더 신경을 쓰고 책임을 져야 한다. 대표 격인 프로야구부터 미래먹거리로서의 산업적 가치를 거시적으로 생각할 때다.

코치로 2군 선수들과 함께 땀을 흘리다 보니 프로야구의 앞날이 더욱 기대되고 더욱 성장했으면 하는 간절한 마음이 생겼다. 만약 산업으로서의 프로야구의 장래가 밝지 못하다면, 기대할 것보다는 실망할 일이 더 많아진다면, 산업적 규모가 자꾸만 퇴보하게 된다면 어떻게 될까? 불확실한 미래로 젊고 재능 있는 야구 꿈나무들이 자꾸만 프로야구를 외면하게 될 것이고 당연히 프로야구의 파이팅 넘치는 플레이와 재미가 반감되면서 팬들의 외면을 받기 시작할 것이다. 우리가 가장 피해야 하는 암울한 미래만 덩그러니 남게 된다.

한국 프로야구는 여전히 성장 가능성이 무궁무진하고 지금보다 더 멋진 그림을 그려나갈 수 있다고 믿는다. 더 어린 세대에게 꿈과 희망을, 젊은 세대에게는 건강한 취미와 스트레스 해소의 역할로 근사한 플레이를 제공하고, 중장년을 위한 문화 서비스로 인정받게 하는 다양한 아이디어가 분명히 있으리라 생각한다.

프로 스포츠와 건강한 사회

Coaching Story

프로야구 선수로 평생을 달려오면서 운동을 직업으로 한다는 것이 쉽지만은 않았다. 하지만 잘할 수 있는 일이 이뿐이었기 때문에 이 일을 해왔다고 말할 수 있는데, 그렇게만 정리하고 넘어가기에는 중요한 부분을 놓치고 있다는 생각이 들었다. 운동만 했음에도 불구하고 나는 많은 것을 누렸고 큰 사랑을 받았다. 그래서 생각했다. 만약 내가 큰 박수갈채를 받지 못했다면, 팬들의 뜨거운 사랑이 없었다면 오늘까지 달려올 수 있었을까? 과연 이만큼 이룰 수 있었을까? 곰곰 생각하며 자문해보았다.

답은 '아니오'였다. 절대 쉽지 않았을 것이다. 그리고 내 마음은 더 멀리 날아오르기 시작했다. 2018년 시즌 플레이오프 1차전에서 끝내기 홈런을 쳤던 그날, 더 과거로 거슬러 올라가 연타석 안타를 펑펑 때렸던 상무 소속 선수였을 때와 어린 시절까지 눈앞에 펼쳐졌다. 선수들은 정정당당 좋은 모습을 선보이고 팬들은 뜨거운 환호로 응원해주는 관계가 얼마나 소중한 것인가, 하는 지점까지 마음이 가 닿았다. 팬들이 외치는 환호에 내 타구는 더 멀리 날아갈 수 있었고, 그런 타구를 날릴 수 있었기에 팬들의 큰 사랑을 받았다. 참 좋은 선순환이 아닐 수 없다.

이런 형태의 선순환은 쉽게 찾아보기 어렵다. 정치, 경제, 사회, 문화 등 모든 영역에서 생각과 소속이 다른 사람들을 하나 되게 하는 것은 과연 가능할까? 결코 쉽지 않을 것이다. 그런데 독특하게도 이 모든 다름을 뛰어넘어 사람들을 하나 되게 하는 힘을 보유한 유일한 분야가 바로 스포츠이다. 멀리 볼 것 없이 2020 도쿄올림픽에서 주장 김연경 선수를 중심으로 여자배구 대표팀이 보여주었던 포기하지 않는 근성과 17세 소년 궁사 김재덕 선수가 시종 외쳐댔던 파이팅을 떠올려보자. 2010 밴쿠버 동계올림픽에서 선보였던 김연아 선수의 화려하고 우아했던 피겨스케이팅, 2002년 한일월드컵 4강 당시 전 국민이 하나가 되어 누렸던 어마어마했던 기억들….

물론 현역 코치로서 2군에서 뛰는 선수들의 종합적인 성적 향상과 개개인의 멘탈 안정을 위해 조력하는 것이 나의 1차 목표이다. 하지만 선수들에게 조심스럽게 그러나 확실하게 강조하고 싶은 것이 있다. 바로 스포츠는 모두가 함께 즐기는 것이고, 선수는 바로 그 현장의 주역이

자 그만큼의 책임이 있는 특별한 존재라는 것을 말이다.

좋아하는 스포츠가 있고 응원하는 팀이 있으며 평소 마음에 둔 선수의 플레이를 즐겨 보고 팬덤을 형성하는 문화는 사회에 건강한 영향력을 갖는다. 주말이면 가족 혹은 친구의 손을 잡고 삼삼오오 경기장에 나와 먹거리를 나누며 경기를 즐기는 문화, 스포츠 현장에서 함께 소리 높여 응원하고, 승리의 기쁨이나 패배의 아쉬움을 함께 나눌 수 있는 여유…. 크고 작은 시름을 잊으며 한바탕 소리도 지르고 응원가도 따라 부르는 현장이야말로 스포츠만이 제공할 수 있는 독특한 힐링과 연대의 문화인 것이다.

한국 프로야구의 40년 역사는 개발도상국이던 한국이 명실상부 선진국으로 발돋움한 40년과 상당 부분 겹친다. 프로 스포츠가 활성화되어 있는 사회의 활력이 그렇지 못한 사회보다 더 왕성하다는 사실은 결코 우연이 아니다. 메이저리그가 어마어마한 규모의 산업이 되었고 미식축구와 농구, 프로골프 등 일일이 다 셀 수 없을 정도로 프로 스포츠의 천국이 된 미국, 아시아에서 가장 역사가 깊은 프로야구 문화를 보유한 아시아의 강국 일본, 축구의 종주국으로 프리미어리그를 운영하는 영국을 포함해 선진 축구 문화를 자랑하는 유럽의 각 국가들. 생업에서 쌓인 스트레스를 건강하게 해소하고 가족 혹은 친구들과 함께 즐기는 프로 스포츠 문화는 그만큼의 선순환을 그 사회에 제공하는 것이다.

프로야구를 포함한 모든 프로 스포츠를 응원한다. 땀 흘리며 훈련하고 경기에 임하는 모든 선수를 진심으로 응원한다. 그리고 프로 스포츠 발전을 위해 노력하는 모든 행정가 여러분에게 존경의 말씀을 드린다. 비록 내수시장이 크지 않고 여러 가지 제약조건이 있음에도 불구하고 한국의 프로 스포츠가 눈부신 발전을 이룰 수 있었던 것은 훌륭한 지도자, 성실한 행정가, 재능 있는 선수들, 뜨겁게 호응해주는 팬들이 모두 한마음이 되었기 때문이다. 앞으로도 야구를 포함하여 각 종목의 프로 리그들을 잘 가꾸고 육성해나갔으면 좋겠다. 재능 있는 꿈나무들이 운동을 통해 꿈도 이루고 사회에 기쁨을 선사하며 그런 모습을 통해 팬들 역시 사랑을 주고 사랑을 받는 좋은 모델을 지속적으로 가꾸어나가기를 간절히 바란다.

내게 관심과 사랑을 주신 모든 팬 여러분, 한국 프로야구를 아껴주시고 지금도 응원하시는 팬 여러분을 나도 응원한다. 코로나19를 가장 먼저 극복하고 결국 다시 일어설 아름다운 이 나라에서 꿈을 이루시길. 인생에서 멋진 9회 말 역전 만루 홈런을 쳐내시기를 진심으로 응원한다.

박정권×김주윤의 스포츠 멘탈 코칭 8

Q

운동선수도 '공인'으로 인정받고 있지요. 그래서인지 선수들의 태도가 종종 논란이 되기도 합니다. 그로 인해 때론 선수도 악플로 상처받기도 하고요. 선수에게 문제가 있을 수도 있지만, 개인마다 사정이 있을 수도 있다고 생각해요. 그래서 우울증이나 심할 경우 공황장애까지 겪는 선수도 봤어요. 이런 경우 어떻게 코칭하시나요?

정말 중요하면서도 한편으로는 조심스러운 부분입니다. 단도직입적으로 말씀드리자면 우울증이나 공황장애와 같은 병리적 현상에는 심리치료적 상담, 정신과 등의 진단과 치료, 회복을 위한 과정이 필요합니다. 코칭은 회복과 치유보다는 성장과 발전을 꾀하는 개인을 대상으로 하기 때문입니다. 코칭과 치료의 근본적인 차이를 무시한 채 코칭을 시도하면 효과적이지도 않고 도리어 엉뚱한 결과를 낳기도 합니다.

박

그럼에도 특별한 경우에는 코칭을 통해 자기 자신을 제대로 인식하도록 과제를 줍니다. 지금 선수가 느끼는 특정한 감정이 어디에서 온 것인지를 짚어보게 합니다. 그 감정이 자신을 지금 어떤 상태로 이끌고 있는지에 대해 안전하고 충분하게 표현할 수 있어야 합니다.

김

그렇습니다. 만약 극단적으로 치우친 부정 감정을 지니고 있다면 분명 치료가 필요하지요. 하지만 특정 감정에 가치를 두고 치우치는 것은 경계합니다. 굳이 가치를 두자면 그것은 감정으로부터 오는 것이 아닌 '나'라는 존재의 가치가 투영된 것으로 객관화해야 한다고 코칭합니다.

예를 들어, 좋지 않은 악플을 읽었는데 그것으로 기분이 좋아졌다면 정상이 아니겠지요. 화가 나고, 속상하고, 때로는 우울감을 느끼는 것이 정상적인 감정입니다. 악플은 그 선수의 본질을 나타내지도 않고 그럴 수도 없기 때문입니다. 느껴지는 감정을 있는 그대로 수용하고 인정하는 것 그리고 내 존재 가치를 소중히 바라보는 것. 나 스스로, 또 서로를 이렇게 대할 수만 있다면 많은 곳에서 큰 힘이 되지 않을까 생각합니다.

Q

끝으로, 야구팬들에게 해주고 싶은 말이 있을까요?

야구를 사랑해주시고 늘 응원해주시는 팬 여러분께 특별한 감사의 말씀을 드립니다. 앞으로 코치직에도 충실하게 임하여 후배 선수들이 피지컬 측면에서나 멘탈 측면에서 좋은 선수로 성장하도록 성심껏 돕겠습니다. 미력하나마 한국 프로야구 발전에 도움이 되고자 더욱 노력하겠습니다.

저도 열심히 하겠습니다. 사실 심리치료 등 멘탈 코칭 기법은 어디까지나 보조적인 수단입니다. 때로 어려움에 빠진 선수를 도울 수는 있으나, 결국 자물쇠를 푸는 것은 선수 개개인의 몫입니다. 아마도 이 부분은 우리 모두에게 적용되는, 마음 건강에 관한 핵심이 아닐까 생각합니다. 모쪼록 한국 프로야구와 선수들의 플레이를 통해 즐거움을 한껏 누리시길 바랍니다.

에필로그

내 이름은 '두 딸의 아빠 박정권'

어느덧 뜨거웠던 여름이 지나고 아침저녁 찬바람이 느껴지기 시작하는 초가을에 접어들었다. 막상 책을 내려고 마음먹고 원고를 정리하다 보니 쑥스러운 마음이 우선 들었다. 하지만 다른 누군가가 아닌 사랑하는 팬 여러분께 이 책을 바친다고 생각하니 상당한 보람을 느낄 수 있었다. 평소 마음속에 담아두었던 생각들, 길었던 현역 시절의 추억들을 되새겨보는 과정에서 많은 것들을 재확인하고 정리할 수 있었다. 참 감사한 일이다.

이제 천하무적 박정권, 4번 타자 박정권에서 두 딸을 둔 '딸 바보 박정권'의 삶으로 돌아간다. 사랑하는 아내와 두 딸아이와 함께, 그리고 SSG 랜더스의 2군 타격 코치로 꾸며갈 미래가 내 앞에 기다리고 있다. 과연 사람은 무엇으로 살아가는 것일까. 오로지 운동만 알았던 십 대 시절을 보내고 맞이한 이십 대, 나에게 불가능은 없어 보였다. 하지만 부상의 순간 등 우여곡절을 겪으며 삼십 대가 되었고, 늦깎이로 한국시리즈 MVP를 받았을 때 나는 서른 살이었다. 그로부터 또 시간이 10년 넘게 흘러 이제 사십 대를 맞이했다. 그리고 마침내 은퇴식을 치르는 순간이 찾아왔다.

아쉬움의 크기는 개인마다 다르다. 나 역시 내 청춘을 가득 채웠던 현역 선수의 페이지를 덮어야 하는 순간이 왔다는 사실에 마음 한구석이 서늘해진다. 그러나 새로운 시간들이 나를 기다린다. 만감이 교차한다는 표현은 이럴 때 쓰라고 만들어진 것이 아닐까 생각한다.

만감이 교차하는 가운데 욕심이랄까, 하고 싶은 일들이 자꾸 떠오른다. 인생의 2막을 열면서 새로운 도전을 하고 싶어진 것이다. 여전히 야구인으로 현장에 있겠지만, 더 많은 책도 읽으려 한다. 하나둘씩 마음에 담긴 희망 사항들을 조금 긴 호흡으로 도전해볼 요량이다. 코로나19 시국이 나아지면 미뤄두었던 가족 여행도 다녀오고 싶다. 운동하는 남편 때문에, 아빠 때문에 평범하지 않았던 시간들을 보낸 가족들에게 무엇이 되었든 좋은 모습으로 보답하고 싶다.

끝으로 독자 여러분에게 진심으로 감사드리고 싶다. 나를 응원하고 우리 팀을, 나아가 한국 프로야구를 위해 목청껏 소리 질러주셨던 팬 여러분에게 모든 영광을 돌리고 싶다. 여러분 부디 건강하시기를, 하시는 일 모두 잘되고 가족 모두 건승하시기를 진심으로 빌어본다.

팬 여러분, 진심으로 감사했습니다. 언제나 좋은 모습으로 살아가겠습니다.

부록

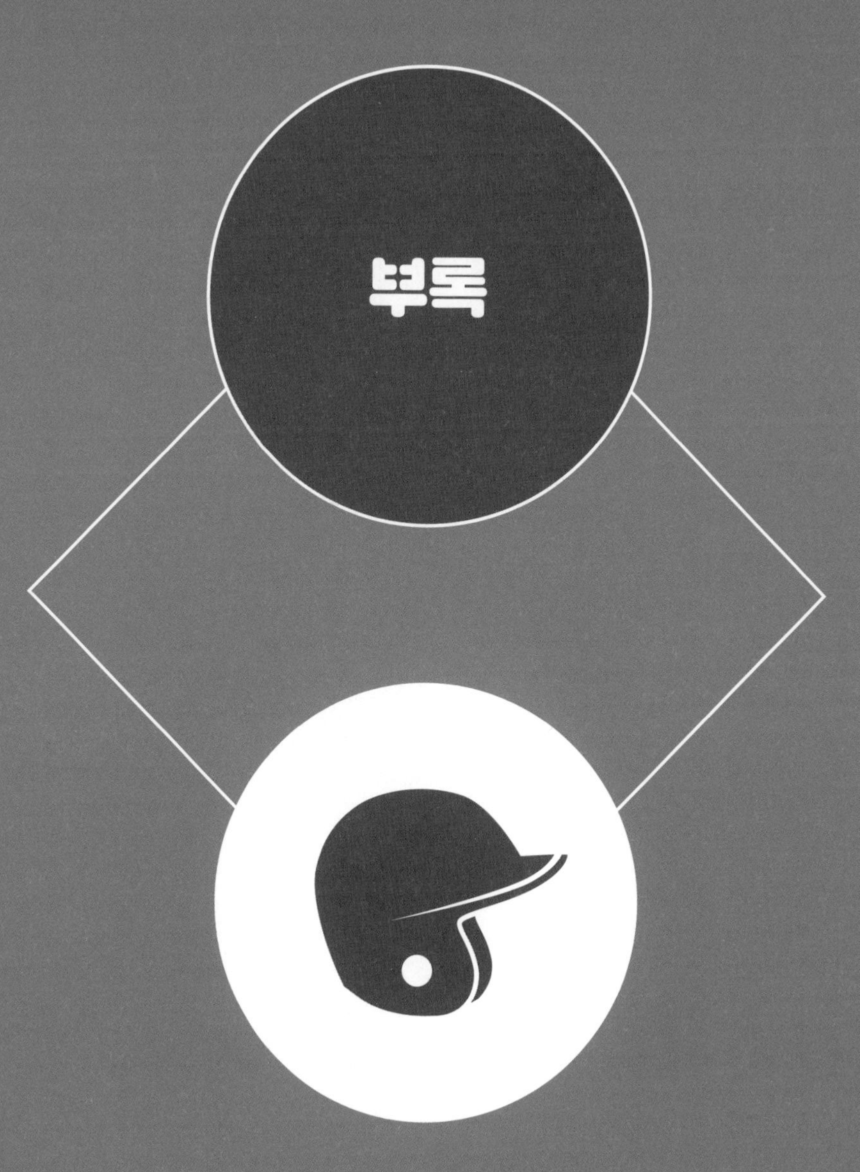

2009년 전지훈련에서

2010년 수훈 시상식 모습

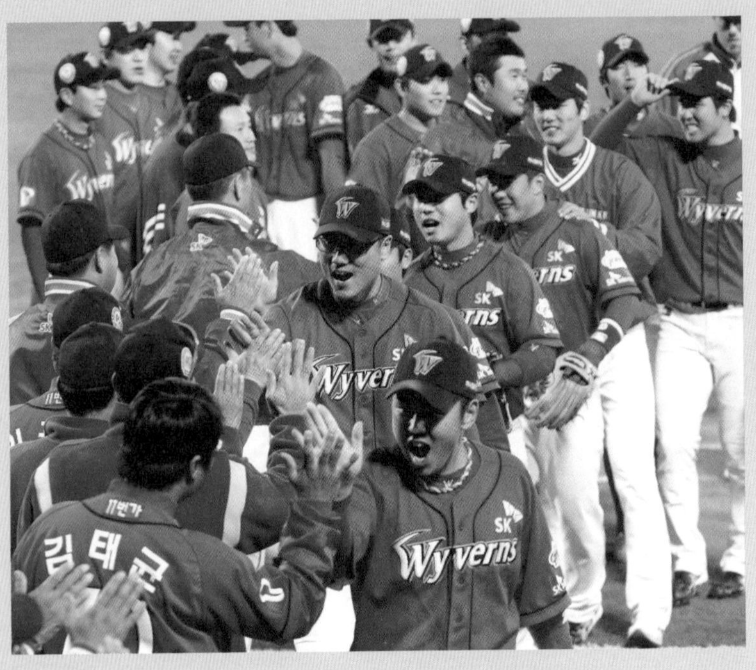

2010년 한국시리즈 삼성과의 경기 승리 세리머니

2010년 한국시리즈 삼성과의 경기 승리 세리머니

2010년 한중클럽챔피언쉽대회 연습 모습

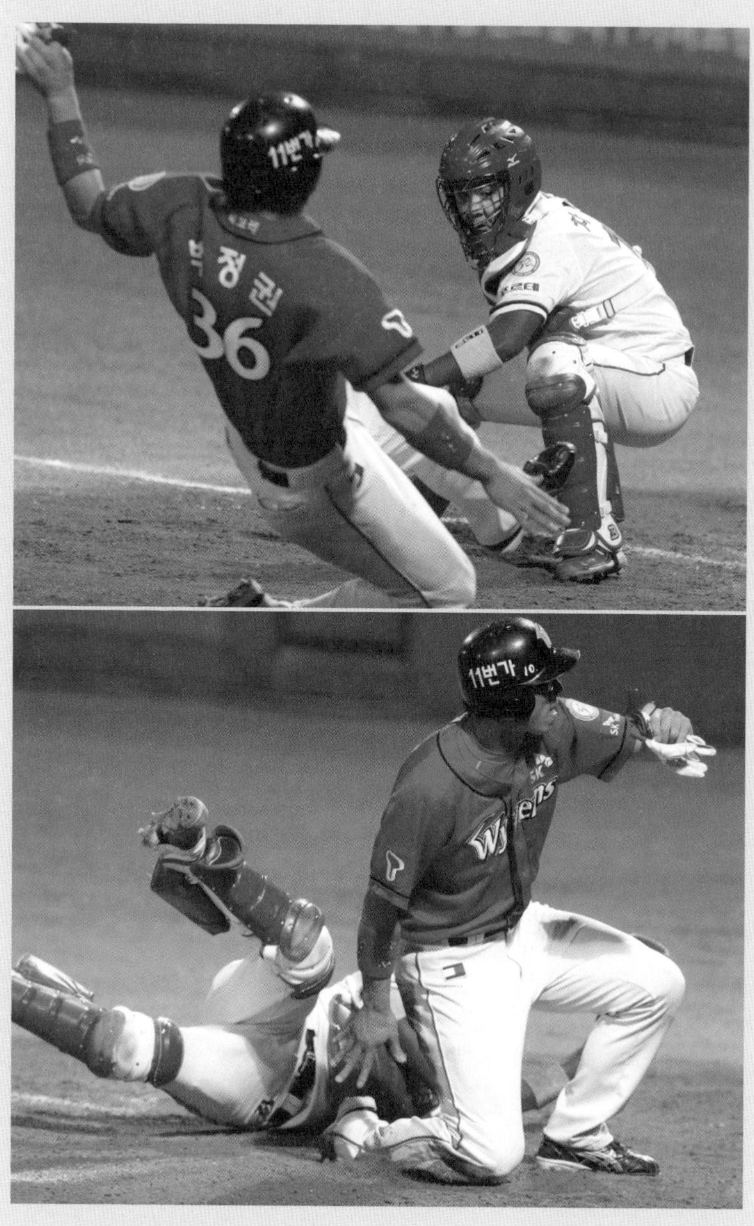

2011년 준플레이오프 4차전 KIA와의 경기 3회 초 홈에서 아웃

2011년 플레이오프 2차전 롯데와의 경기 7회 초 1타점 타격 모습

2011년 한국시리즈 2차전 삼성과의 경기 8회 초 1타점 안타

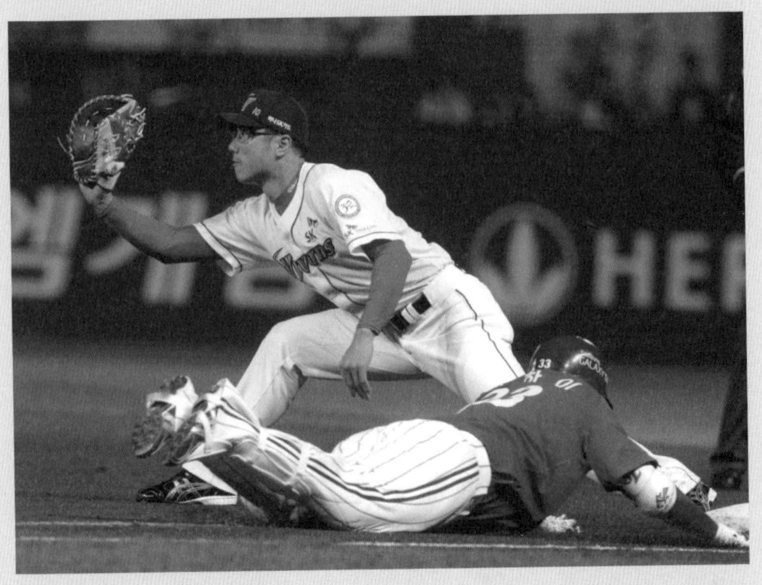

2011년 한국시리즈 3차전 삼성과의 경기 1루 수비

2011년 한국시리즈 4차전 삼성과의 경기 7회 말 안타

타격 모습

2013.6.23. 롯데와의 경기

2013.8.2. 두산과의 경기

2014.4.23. NC와의 경기

2014.6.17. 삼성과의 경기

2014.10.7. NC와의 경기

2014년 가고시마 마무리 캠프

2014년 오키나와 스프링 캠프

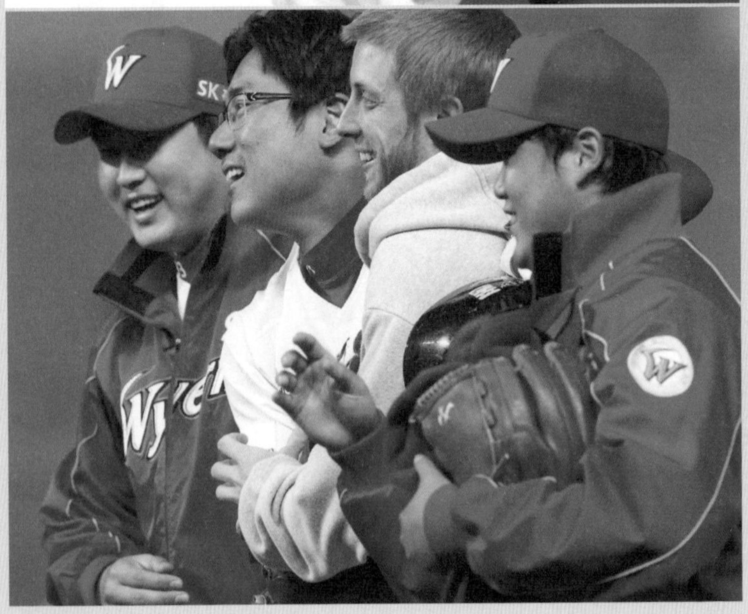

2016.4.14. KIA와의 경기 끝내기 후

2017.6.13. 훈련 모습

2017.8.12. KT와의 경기 8회 말 만루 홈런

2017.9.10. 넥센과의 경기 8회 말 솔로 홈런

천하무적 박정권

초판 1쇄 발행 2021년 10월 5일
초판 2쇄 발행 2021년 10월 13일

지은이 | 박정권
펴낸이 | 김윤정

기획 | 임세빛
편집 | 조은아
마케팅 | 김지수

펴낸곳 | 글의온도
출판등록 | 2021년 1월 26일(제2021-000050호)
주소 | 서울시 종로구 삼봉로 81, 두산위브파빌리온 442호
전화 | 02-739-8950
팩스 | 02-739-8951
메일 | ondopubl@naver.com
인스타그램 | @ondopubl

ISBN 979-11-974554-7-6 03810